D+
dear+ novel
Futari no bed ・・・・・・・・・・・・・・・・

ふたりのベッド

安西リカ

新書館ディアプラス文庫

ふたりのベッド

contents

illustration : 草間さかえ

ふたりのベッド

1

ピンポン、とやけに大きなチャイムの音が響いた。

右耳から入って脳髄《のうずい》を突き刺し、左耳から無理やり抜けていくようなこの不快さは、音のせいではなく、深水《ふかみ》が二日酔いだからだ。

「あー」

ぴんぽん。

「…深水、だれか来てるよ」

「ふくちゃん出て…」

「やだ。吐きそう」

二回目のチャイムで、ベッドの下で寝ていた親友の福田《ふくだ》も目を覚ましたが、深水同様ゆうべの深酒でくたばっているようだ。

ぴんぽん。

「うあー」

三回目のチャイムで、ようやく深水はよろよろ起き上がった。

「はーい」

戸口をとんとんノックする音に、俺なにか通販したっけか、と考えながら深水はとりあえず返事をした。土曜の朝から訪ねてくる人間など宅配業者以外考えられず、昨今《さっこん》の宅配便事情を知ると居留守はできない。

「すみません、隣に引っ越ししてきた者です」

ところが戸口の外の人物は、意外な声かけをしてきた。

なんとなく聞き覚えのある声だ、と思ったが、それより引っ越ししてきたというのに驚いた。このぼろアパートに？

「ちょっと待っててください」

春先の朝は冷え込んでいて、ともかく何か羽織《はお》ろう、と前開きのパーカーに手を伸ばしながら、深水は「もしかして新入生か？」と思い当たった。

このアパートは深水の通う私大から自転車でほんの五分ほどのところにある。今どきの学生は駅近のワンルームや大学のそばの便利なハイツを選ぶだろうが、ボロいぶん、ここの家賃は破格の安さだ。先週合格発表があり、深水が家庭教師をしていた高校生からも無事合格した、という喜びの報告を受けていた。

そっかそっか苦学生君か、と深水は急いでパーカーを羽織った。

「お待たせしてすみません」

「先生」

ドアを開けると、外で待っていた人物が白い歯を見せて笑った。

「は？」

驚きのあまり、声が跳ねあがった。

「い――入江《いりえ》？」

「はい」

入江だ。

そうだ、この声は入江だった。

出会った当初から深水より背が高かったが、それからの一年半でさらに十センチ伸びたという長身、精悍《せいかん》で野性味のある顔立ち、でも笑うと人懐《なつ》こくて可愛い顔になる――家庭教師先の高校生だ。

「今日からお隣に引っ越ししてきました。よろしくお願いします」

男らしく整った顔をしているぶん、笑ったときにできる右頬のえくぼがチャーミングだ。

「これ、ご挨拶《あいさつ》のしるしに」

差し出されたタオルを反射的に受け取って、深水は背中に変な汗をかいた。

――俺が好きなのは、先生。

二日酔いとは別の眩暈《めまい》を感じて、深水はごくりと唾《つば》を飲みこんだ。

2

深水《ふかみ》が「入江《いりえ》さんちの息子さん」の家庭教師をすることになったのは、大学に入った年の秋だった。

深水は四人きょうだいで、年子の姉とまだ小学生の双子の弟妹がいる。子どもが成長するにしたがって家が手狭になり、深水の大学進学を機に、「あんた隣に住めば?」と道を隔《へだ》てた隣のぼろアパートに蹴《け》り出された。

一人暮らしは気楽でいいが、なにぶん実家がすぐ隣なので、なにかとこき使われるのは実家暮らしとあまり変わらない。自営の手伝いはもちろん、ご近所づき合いにもしょっちゅう駆り出された。

深水の実家はクリーニング店を営《いとな》んでいる。

戦後に復員《ふくいん》してきた曾祖父《そうそふ》が創《はじ》めたとかで、そのあとを継いだ祖父は、これからは大型工場との闘いになる、と価格競争には乗らず、高級路線を目指した。その狙いは見事に当たり、今ではワイシャツ一枚に千円近く出す金持ちをがっちり捕まえ、着物の染み抜きやオートクチュール級のドレスも扱って、この近辺では「高い服は深水さんとこに出したら間違いない」という評判で定着している。

そんな自営の常で、実家は近隣とのつながりが濃い。「入江クリニックの奥さんが、息子さんが塾さぼりがちだって悩んでて、近所のお兄さんみたいな人に家庭教師に来てもらったら目先が変わってやる気になるんじゃないかって適当な人探してるんだけど、深水さんちの理一《りいち》君、どう？　K高からストレートでS大入ったんでしょ？　バイト代もいいと思うわよ」と近所を束《たば》ねる実力派主婦から母親経由で打診があった。

入江クリニック自体は都内で開業しており、白衣や看護服を出してもらっているわけでもないが、地域密着の商売をしている以上、こうした「せっかくのお話」は笑顔で受けるのが鉄則だ。

クリニックの息子ということは医学部志望だろうし、ちょっと荷が重いな、と思ったものの「意欲がなくて困ってるらしいから、成績とかは二の次なんじゃない？　せっかく紹介してくださってるんだから、一回だけでも行ってみてよ」と説得され、なんだかんだで引き受けることになってしまった。

初めて家庭教師に行ったのは、まだまだ夏の余韻《よいん》が尾を引く九月の終わりごろだった。

同じ町内でも、金持ちの家が連なるエリアは近隣の住宅街とは前面の道路からして違う。得意先が何軒かあるのでときどきクリーニングの配達をしていたが、自転車で来るのは初めてで、深水は街路樹が美しく整備された道をゆったりと走りながら、「入江」という表札を探した。

「お、ここか」

歴史を感じさせる重厚《じゅうこう》な建物が多い中、比較的新しい邸宅だ。大理石の門柱《もんちゅう》に「ＩＲＩＥ」と刻まれたプレートがプラチナ色に輝いている。

『お待ちしておりました。どうぞ、お入りになってください』

インターフォンを鳴らすと、すぐに応答があり、電子ロックの開錠音がした。

モダンな造りの豪邸は、当然ながら玄関も広々として美しかった。真っ白な大理石のような床材はつやつやと輝いている。深水はふと足元に目をやって、いつも履《は》いている自分のスニーカーはこんなに汚かったのか、と新鮮に驚いた。

「杉田《すぎた》さんのご紹介で来ました、深水です。よろしくお願いします」

「こちらこそ、よろしくお願いします」

入江の母親は、特に地味でも派手でもない、ごく普通の人だった。その辺で会ったらこんな豪邸に住むマダムだとは思わないだろう。

「どうぞ、こちらです」

階段で二階に上がると、思いがけず廊下の真ん中のドアが開いた。まるで待ち構えていたようだ。

しかもドアから顔を出したのは、予想外の溌剌《はつらつ》としたイケメンだった。

事前情報として、深水は母親から「入江君のお兄さんはもう医大に入ってるらしい」と聞いていた。それなら弟の出来が多少悪くても、兄がクリニックを継げばいいんだからなにも問題ないだろう、と思ったが、それは一般庶民の考えらしい。医学部は無理にしても格好のつくランクの大学に入ってもらわないと親戚の手前がある、というのが親の言い分だそうだ。

そう聞いて、深水は勝手に「親に勉強を強《し》いられて疲弊《ひへい》している青白いもやし」を想像していた。ぜんぜん違う。ドアから顔を出したのは、健康的に日焼けした快活そうな高校生だった。学校から帰って来たばかりのようで、制服らしいチェックのスラックスに白いシャツという格好だが、襟《えり》のあき具合やシャツの袖口《そでぐち》のまくりかたなど、ちゃんと自分の格好よさもわかっている。背が高く、精悍《せいかん》な顔立ちをしているので、深水と並ぶとむしろ彼のほうが年上に見えてしまいそうだった。

「こんにちは、はじめまして」

内心の驚きを隠して、深水はとりあえず挨拶《あいさつ》をした。

「深水といいます。今日からきみの家庭教師をすることになりました。よろしくね」

「はい、よろしくお願いします」

陰気な顔で黙りこくっているのを親が「ほら、ご挨拶して」などと促《うなが》す場面を想定していたが、もちろんそれも裏切られた。はきはきした挨拶に、運動系の部活の匂いを感じる。

「この子、勉強嫌いで手を焼いてるんですよ。塾もさぼってばっかりで、熱心なのは部活だけで」

母親がぼやくように言うのは想像していたとおりだ。入江は肩をすくめて、どうぞ、というように先に部屋に入った。

入江の部屋は十二畳《じょう》ほどで、こざっぱりしていた。学習デスクに本棚とベッド、深水の知らない金髪のアスリートの写真が壁に貼ってある。深水のために椅子が用意されていて、入江が学習デスクの前に座ったので、深水もその椅子に掛けた。

「えーと、それじゃあまず、直近のテストの答案とかから見ましょうか。なにかある？」

深水は夏休みの期間中に、一対一が売りの学習塾で短期バイトをしていた。そのときの要領で声をかけると、覚悟していた「家庭教師なんか頼んでない」というようなふてくされた態度もなく、入江はデスクの引き出しを開けてごそごそ探し始めた。

「じゃ、よろしくお願いします」

様子を見ていた入江の母親が部屋を出て行った。

「一学期の中間がこれで、こっちがこの前の実力テスト。あと模試がこれです」

入江が答案や模試の結果などを深水の前に並べた。

「入江君、理系なんだよね」

「医学部受験するなら、どうしてもそうなりますね」

「希望してない？」

「はい、まったく」

入江は屈託《くったく》なくうなずいた。

「従兄弟《いとこ》が三浪とかで医学部入ってたけど、俺はさいわいデキる兄貴がいるんで、無理はしない方針です。ついでに親も諦めかけてます」

けろっとした言いかたに、深水はまた拍子抜けした。

「ただ、そこそこの大学には入らないとって、そこは強烈なプレッシャーかけられてて」

「具体的に、どのへん狙ってるの？」

入江は模試の判定結果の用紙に載っている大学の偏差値一覧に目を落とした。

「親的には、この辺ですね」

深水の通っている私大と、その一つ下のグループをペンの尻で指して、入江は無理でしょ、というように深水を見やった。

「この下のランクでもC判定なのに」

「でもまだ二年だからね」

模試と学内の定期テストや実力考査の結果を並べ、深水はしばらく細かい項目を見比べた。

「全体に底上げするのは当然として、古文と世界史はすぐ成績上がるから、こういう科目から攻めるのもありかな」

「先生は、なに学部なんですか？」

入江が興味深そうに訊いた。

「俺？　経済」

「文系ですね」

「そう。だから数Ⅰは教えられると思うけど、正直、ⅡBとか物理とかはあんま自信ない。ごめん」

それもあって最初は断ろうと思ったのだ。

「いえ。だって学部も決められてないですから、俺」

「入江君自身の希望ってないの？」

「んー…、消去法で理工学部、かな」

入江はふー、と下唇を突き出して前髪に息を吹きかけた。顔に似合わない子どもっぽい仕草に、深水は思わずくすっと笑った。

「でも大学って、行けばけっこう楽しいよ」

「みんなそう言いますよね」

「いろんな人いるし、したいこといろいろできるしね。俺の友達、いま自転車で日本一周してるよ」

実際、大人と子どものいいとこどりの、人生で一番おいしい時期なんじゃないかと思う。

「先生は？　なにかしてるんですか？」

深水が質問すると、入江も同じように質問を返してくる。ずいぶんコミュニケーションの好きな子なんだな、とそこも深水は意外だった。

「なにしてるって訊かれたら困るんだけど、友達が古着屋やってるからそれ手伝ったり、あと映画見まくってる。自主制作映画のはしごしたり」

「映画か。ふーん、映画って俺あんまし見ないな…あ、でもちょっと前に友達に誘われてインド映画見ました。なんだっけ、すげー強い王様出てくるの」

「王の凱旋《がいせん》？」

「あー、うん。はい。たぶんそれ」

一生懸命話を合わせてくれるのも微笑《ほほえ》ましくて、本当に人懐こい子なんだな、と深水は好感を抱いた。これなら家庭教師もうまくいきそうだ。

簡単なペーパーテストをしてもらい、初回はそんな感じで終わった。

「先生、また来週」

帰りは母親と一緒に、わざわざ見送りまでしてくれた。

「うん、それじゃまた。今日はありがとうございました」

先生、という入江の声は、柔らかく甘く、なんとなく耳に残った。


それから深水は週に二回、入江の家に通った。

当面は定期テストの対策ということで、五教科を授業に沿って復習することにした。少し教えてみると入江は理解力があり、決して頭は悪くない。

「先生の教えかたが上手いからやる気になるって言っておりました。本当に深水さんに来ていただいてよかったです」

入江の母親にそんなふうに言われ、深水も悪い気はしなかった。

「先生、俺もうすぐ引退試合があるから、見に来てよ」

入江がそんなことを言い出したのは、家庭教師に行くようになって三ヵ月ほどしたころだった。

そのころにはすっかり気心も知れ、「先生」とは呼ぶものの、入江は母親の前でしか丁寧語は使わなくなっていた。

その日も「一息入れてください」とコーヒーと焼き菓子が運ばれてきて、入江は部活の話を楽しそうにしていた。

「引退試合ってどこでやんの？」

「県立体育館。チャリで二十分くらいだから、来てよ」

「そりゃいいけど」

「ほんと？　やった」

入江はハンドボール部のキャプテンをしていた。

この見かけでスポーツができたらさぞかし女子にモテるんだろうな、と思ったが、「うち、男子校だからね」と首をすくめていた。前髪をふーと吹くのと首をすくめるのが入江の癖で、笑うと右頬にえくぼができるのもかわいいな、と深水はひそかに思っていた。深水には年の離れた双子の弟妹がいるが、もう一人、年の近い弟ができた気分だ。

「先生、高広《たかひろ》が無理を言ってたみたいですけど、どうぞお気遣いなさらないでくださいね」

休憩中の会話が聞こえていたらしく、その日の帰り、いつものように玄関まで見送りに出てきた入江の母親が息子を非難するように言った。

「いえ、ぜんぜん無理じゃないんで」

軽い反発を覚えて、深水はにっこり笑いながら、語気を強めた。

入江の母親は、次男をまったく認めていない。

入江は中学受験に失敗し、高校も外部を受けたがだめで、結局ずっと同じ中高一貫の男子校に通っている。とはいうものの新興校の中では進学実績もよく、そこそこ名前の通った私学だ。第一志望に落ちたからといって、失敗、と決めつけるほどとは思えない。

「うちはとにかく勉強がトップじゃないとだめなんだよね」

入江はうんざりした様子で言っていた。

「俺、見た目いいでしょ」

「え、自分で言う?」

「親が言うんだもん。高広はぜったいに女で失敗するって」

つまり顔がいいのも入江の家ではマイナス評価というわけで、深水はかなり呆れてしまった。

「うちは兄貴がすんごいデキるし超真面目なんだよね。だから昔っから兄貴に比べておまえはなんだってダメ出しの嵐」

「兄ちゃんと仲いい？」

「んなわけねーでしょ。向こうも俺のこと馬鹿にしてるし」

深水も兄弟が多いので、そのへんのめんどくささには覚えがある。

入江の兄は、深水より二学年上になる。一度だけリビングから出てくるのをちらっと見たことがあるが、入江とはあまり似ていない。いかにも神経質そうな線の細い男だった。俺がもし病気になったとして、あんな主治医はぜったい嫌だな、と思ったのは、深水がすっかり入江に肩入れしているからだ。

「おまえんち、ちょっと変わってんだよ。気にすんな」

深水が言うと、入江はほんのりと嬉しそうな顔をしていた。息子が部活で活躍しているのも、当然入江の母親にとっては「時間の無駄」なのだろう。

「じゃあ、試合の時間とか、詳しいことまたあとで教えてな」

入江の母親は渋い顔をしていたが、深水はあえて気づかないふりをした。

「先生、そこまで一緒に行ってもいい？」

失礼します、と玄関を出ようとしていると、入江が「ちょっとコンビニ行ってくる」と母親に言い捨てて、ついてきた。

「ねえ、本当に試合見に来てくれる？」

「行くよ。おまえんちのかーさんにあんなの言われたら、行くしかないっしょ」

深水が言うと、入江はライトコートのポケットに手を入れて笑った。自転車を押しながら並んで歩くと、やはり入江のほうがだいぶ背が高い。

「けど、男子校じゃなかったら、女子がすんごい応援に来てくれるだろうに、カテキョの先生呼ぶしかないとは、さみしーな」

「他校の女子が応援に来るよ？」

「あっ、なんだそれ。自慢？」

「先生は？　彼女いる？」

「いるよ」

深水は高二のときに同じクラスになった子とずっとつき合っている。が、彼女は百キロも離れた地方の大学に行ってしまい、その物理的な距離がそのまま心の距離に繋がりつつあった。最後に会ったのはもう四ヵ月近くも前で、ＳＮＳでのやりとりも目に見えて間遠くなっている。今の時点で「彼女」というのは微妙かな、と思いつつ、いないと言うのも癪《しゃく》だったので、あえて軽く答えた。

「あ、俺に彼女いるのがそんな意外？」

入江がじっと顔を見つめているのに気づき、深水は睨んでみせた。

「まさか。先生モテるだろうからいて当たり前だと思ってました」

入江は急に生徒らしい言葉使いになって首をすくめた。

「おまえも応援に来てくれる女子の中に、いい子いないの」

「そんな、喋《しゃべ》ったこともないのにいいとか悪いとかわかんないじゃん」

「でも、かわいいなって思う子はいるだろ？」

「俺、年上がいいな」

入江が唐突に言った。

「へー、そうなん？」

それは意外だ。入江はポケットに手を突っ込んだままうつむいて、「好きな人は、いるんだよね」とぽつりと言った。

「えっ、まじで。誰？」

名前を聞いてもわかるわけがないが、どういう関係の子だろう、と好奇心が湧いた。入江はまた首をすくめた。

「内緒」

「なんだよ、つまんねーな」

「先生がつまんなくても関係ねーし」

喋っている間に豪邸ばかりが続く住宅街から幹線道路に繋がる道に出た。コンビニは深水の家の方向と逆にある。

「ほんじゃ日曜な」

「ん、おやすみ先生」

「おやすみ」

自転車をこぎ出しながら、入江が片想いしているという年上の女性はいったいどこの誰なんだろう、と深水はあれこれ想像した。

男子校に通う入江の生活圏にいる「年上の女性」…サボりがちだったという塾の先輩とか、通学電車で一緒になる他校の三年とか。もしや学校の先生か？　…想像もつかない。

ついでに自然消滅しそうになっている自分の彼女のことを考えて、高校生相手に見栄を張ってしまった、と深水は一人で苦笑いした。


日曜は気持ちのいい秋晴れだった。

県立総合体育館はぜんぶの出入り口を開放し、屋内ながら爽《さわ》やかな空気の中で秋季大会が行われた。高校によっては保護者の応援団があり、バナーを掲げたり、垂《た》れ幕《まく》を張ったりして、なかなかの盛況《せいきょう》だった。

深水は二階の応援席から観戦した。

入江はストライカーポジションで、スナップを利かせたシュートが面白いように決まる。滞空時間も恐ろしく長く、これは女子が見に来るはずだわ、と納得した。ハンドボールは体育の授業でやったことがある程度だったが、観戦していて面白い。いつの間にか深水も前のめりで応援していた。

他校の女子が応援に来るよ、と言っていた通り、入江がシュートを決めるたびにコート脇の女子の集団から歓声が上がった。

入江は二階の端にいる深水を早々に見つけて、ことあるごとに手を振ってくる。女子の視線を一身に集めるエースに「俺のこと見ててくれてる？」というように合図を送られるのは、なんとも変な気分だった。

結局準々決勝で惜敗《せきはい》したが、深水は充分試合を堪能《たんのう》した。

〈俺、かっこよかった？〉

その日の夜、入江からそんなメッセージがきて、深水は「超かっこよかった」と返した。

〈俺が女だったら完全に惚れてたね〉

それから「今日、おまえの片想いの子、どっかにいた？」と訊いた。

いつもはぽんぽん返ってくるのに、既読がついてもなかなか返事がこない。これはいたってことかなとニヤニヤしていると「告白してえ」といきなりきて、びっくりした。

ここは応援してやるとこか？　とたじろいでいるとすぐ次が来た。

〈でも勇気ないからやっぱしない〉

〈なんでよ〉

入江に告白されて断る女子がいるのか、と思ったが、相手に彼氏がいるのかもしれない、と思いついた。

〈向こう、つき合ってる人いるし〉

あ、やっぱそうか。

〈そらつらいな〉

〈つらいよ、助けて〉

ふざけたスタンプが一緒に送られてきて、でもそれがかえって本当につらそうで、深水はなんと慰めていいのかと少し悩んだ。

「……うーん…」

おまえ今日超かっこよかったし、その子もきっとそのうち、…とそこまで打って、悩んで、結局その適当な言葉をぜんぶ消した。

〈助けてやりたいけどなんもできないから、こんどおまえの好きなコンビニアイス奢《おご》ってやるよ〉

考えても、こんなしょうもない言葉しか送ってやれない。

しばらくして、THANKSのスタンプと一緒に「おやすみ」というメッセージがきた。

深水はスマホをデスクに置いてごろっと横になった。

深水は恋に悩んだ経験がない。

自然消滅寸前か、すでにそうなっているのか微妙なところの彼女とも、友達の関係からどちらからともなく「つき合う？」という流れで彼氏彼女の仲になった。それなりの行為はしたし、それ自体にはどきどきはしたものの、彼女自身にどきどきするような感覚はなく、それは向こうも同じなんじゃないかと思う。だから「あ、これ自然消滅するな」と思っても、手を打たなきゃという気持ちにもならないでいる。

――つらいよ、助けて。

そんなに好きなのか、と深水は羨《うらや》ましいような気持ちになった。

そして先生、先生、と慕《した》ってくれるのに、なんのアドバイスもできない自分が少々残念だった。

今自分にできるのは、ちょっとお高いアイスを奢ってやるくらいだ。

「うまくいくといいな」

独り言をつぶやいて、深水は風呂でも入るか、と起き上がった。

そのときにはまだ、入江が自分に片想いをしているとは、夢にも思っていなかった。

結局、深水はクリスマス前に彼女と別れた。これ以上無理だよね、と彼女のほうからメッセージがきて、そうだね、またこっち来たら遊ぼうよ、と返して、それじゃそれまで元気でね、ときれいなスリーストロークで終わった。実にあっさりしたものだった。

さすがに少し気落ちしたが、クリスマスシーズンは実家の手伝いが忙しく、それに紛れてなんとなくやり過ごした。

入江に彼女と別れたことを告げたのは、一緒に行った遅い初詣《はつもうで》の帰りだった。

「へ」

「だから、もう別れちゃったんだよ」

町内で一番大きな神社は、三ヵ日もとうにすぎて人の姿はまばらだった。初詣行こうよ、と提案してきたのは入江のほうで、そんじゃ家庭教師いく前に神社寄ろう、と直接鳥居の前で待ち合わせした。

二人で並んで鈴を鳴らしてお賽銭《さいせん》を投げ、お年玉の代わりな、と学業成就《じょうじゅ》のお守りを買ってやり、おみくじをひいて見せっこした。こういうのは彼女とやるもんだよな、と入江が言って、別れちゃったんだよ、と打ち明けた。

「遠距離だったから、まあ遅かれ早かれってとこではあったんだけど」

入江があまりに驚いているので、深水は苦笑した。

「え、あ、そう、なんですか…」

「なに、その唐突な丁寧語」

「いや、びっくりしちゃって」

「そっちこそ片想いは進展してんの」

入江はまだ驚きを引きずっている様子で、しきりに視線をうろつかせている。

「その、俺…」

「うん？」

昼間は日差しがあって暖かかったが、辺りが暗くなるにつれて冷え込んできた。入江が寒そうにネックウォーマーを引き上げた。

「どしたんよ？」

「いや。んー」

珍しく口ごもっている。

「あ、もしや」

石畳《いしだたみ》の境内《けいだい》を出て、深水はふと閃《ひらめ》いた。クリスマスや正月イベントの間に片想い中の彼女と進展したものの、深水が別れたところだと知って、言いづらくなったのでは。

「なに？」

急ににやにやした深水に、入江が不審そうに眉をひそめた。

「俺に気を使うなよー」

「は？」

「うまくいったな？」

ややして意味に気づいた様子で、入江は「ちげーし」と深水の読みを乱暴に打ち消した。

「本当のこと言えよ。高校生に嫉妬なんかしねーぞ」

「本当にないから」

「ふーん？」

うんざりした顔つきに、なんだ誤解だったか、と気が抜けた。

「それよりさ、俺、進路変更決めたよ」

入江が話を変えた。

正月の間に親と話し合って、医学部から理工学部に正式に進路を変更したらしい。

「そっか、説得できてよかったな」

「先生と同じ大学ならいいって」

「うちの理工学部なら、就職の心配ないもんな。けどまー、かなり頑張らなきゃだな」

「うん」

自転車を押しながら入江と並んで歩くと、影が歩道に長く伸びる。

「そんで俺、今月から予備校行くことになったんだ」

入江が、少し改まった声で言った。

「そらそうだ」

きっちり志望校が決まれば、素人《しろうと》大学生の家庭教師などに頼っている場合ではない。

「俺はこのまま先生にも教えてほしいんだけど、親が…」

「予備校通うんだったらそっち一本に絞ったほうがいいよ」

「うん、そう言われた」

「俺はもともと繋ぎみたいなもんだったからさ。バイト代弾《はず》んでもらってて申し訳なかったくらいだったし、ちょうどいいよ」

入江が自分で進路を決められたのも、それをこうして報告してくれたことも、深水は嬉しかった。

「ほんでも、たまに先生に…その、家庭教師じゃなくて…」

「いーよ。英語だろ?」

深水は鷹揚《おうよう》にうなずいた。入江は英語が弱い。

「長文読解とか構文とか、どうしてもわかんないときはいつでも聞いて。これも縁だし、タダで教えてやるよ」

冗談めかして言ったが、入江はなぜか少し黙り込んで、それから「ありがと」と小さな声で言って、またネックウォーマーを指先で引き上げた。

そうした経緯《けいい》で家庭教師は辞めたが、入江とはときどき会って、ファミレスや公民館の学習室で勉強を見てやるようになった。

春から夏が過ぎ、深水の生活はあまり変わらなかったが、受験生につき合っていると俺もぼやぼやしていられない、という謎のやる気に突き動かされる。前から作ろうと思っていた映画の感想サイトをつくったり、コミュニティを主宰したりしているうちに秋になった。

「すごいな。おまえ、やれば出来る子だったんだな」

その日も入江から連絡があって、深水は駅前のコーヒーショップで入江と向かいあっていた。テーブルに広げられているのは直前の模試の結果だ。

入江はコーラの氷をストローでつついて、照れたように笑った。

「すげえじゃん。この時期に合格ライン超えてんならランク上げられるんじゃね？　理工学部だったらH大とか」

「いや、この前学校にS大の先輩来てたからいろいろ聞いたんだけど、実験設備とかゼミ内容とかいいから第一志望は変えない。それに、先生と同じ大学行きたいしね」

真顔でそんなふうに言われると照れる。

「そら光栄です」

「…先生」

「ん？」

「あのさ…、俺、先生に相談があるんだ」

「なに。もはや俺が相談に乗れることなんか残ってないけどなあ。英語もセンター九割いけそうだし」

深水は模試の結果をつくづく眺め、でも古文がもひとつか、などと考えていた。

「俺さ、片想いしてる人がいるって話、したろ？　覚えてる？」

急に話が変わり、深水が戸惑ってプリントから顔を上げた。

「あーそりゃ覚えてるよ。彼氏持ちの子なんだろ？　なんだよ、もしや相手、フリーになったか？」

「なった」

「お、来たな。チャンスが」

好奇心のまま聞く態勢になると、照れくさいのか、入江は視線を泳がせた。

「けど一つ問題があってさ」

そこでまた言いよどみ、入江はもう氷しか残っていないグラスをストローでかきまわした。

「なになに。あ、でもおまえ受験生だからな。今つき合えるってなってもまずいか」

「…それもある。でも相談したいのはそれとは別のことで」

「うん」

いつになく歯切れが悪いな、と怪訝《けげん》に思いながら深水は先を促《うなが》した。

「先生さ、この前サイトで……ブロークバック・マウンテンって映画のこと書いてたじゃん。すげーよかったって」

「ああ、うん」

今は映画なんか見る暇がないと言いつつ、入江はよく深水の映画サイトはチェックしてくれている。

「俺、あの映画は見たことあってさ…」

「へえ」

入江があのタイプの映画を好んで見るとは思わなかったので、少し意外だった。

「俺が、…その…同じ、だから」

「同じ?」

なにが? と訊こうとして、入江の緊張した肩とうつむいた顔に、はっとした。「ブロークバック・マウンテン」は、男性同士の恋愛が描かれている。

「えっ、ああ、…そ、そっか」

びっくりしたが、入江が全身を強張《こわば》らせているのに気づき、深水は急に心臓がどきどきしてきた。打ち明けるのにどれだけ勇気がいったんだろうと思うと、胸がぎゅっと引き絞《しぼ》られる。

入江はまだグラスの氷をかきまわしている。

「入江、えっと、——俺のこと信用してくれて、ありがとうな」

今不用意な言葉を口にしたら、きっとすごく傷つけてしまう。

「その、正直びっくりしたけど、大丈夫だから。実は俺、高校からの友達におまえと同じやついるんだよ」

「同じって…、ゲイってこと？」

うつむいていた入江が顔を上げた。よほど驚いたらしく、大きく目を見開いている。

「うん」

福田《ふくだ》とは、名前の並びが縁で入学当初から仲良くなった。深水は初対面でも平気で話ができるほうだが、本当に心を許せる相手となると数が絞られる。その中でも福田は、何かあったときに深水がまっ先に相談する相手だ。

そういえば福田が打ち明けてくれたときもこんな感じだったな…、と深水は軽い既視感《きしかん》を覚えた。あのときも、驚きより大事なことを打ち明けてくれたことが嬉しかった。

「教えてくれたのは高二のときで、今も超仲良くしてる。だからさ、慣れてるって言いかたは変だけど、……気にしない、ってのも失礼かもしんないけど、とにかく、俺はそういうのオールオッケーだから」

入江は瞠目《どうもく》したまま話を聞いていたが、やや して肩の力を抜いた。

「…先生、ゲイの友達がいるんだ…」

「けど、ふくちゃん…ってその友達だけど、ふくちゃんは、言われてみればまーそっかなーって感じもあったからあれだったけど、おまえがそっちっていうのは、正直気づかんかった。びっくりした」

「うるせーよ」

入江が口を尖《とが》らせた。いつもと同じようでいて、その声の調子にはほっとした気持ちが滲《にじ》んでいる。

「あ、そんじゃおまえが片想いしてる人って学校の先輩とかか？」

入江がゲイなら、生活圏に「年上の気になる人」はいくらでも浮上してくる。好奇心もあったが、ものすごく緊張して打ち明けてくれたであろう入江の気持ちを労《いた》わりたくて、深水はわざと興味津々という顔で訊いた。

「もしやそのS大のこと教えてくれた先輩？」

「いや…」

入江が珍しくひるんだ。

「なんだよ、そこで口ごもる意味がわからん」

「先生だよ」

入江がぽろっと言った。

「先生？　まじか！」

男子校に勤務する美人教師、という線も考えてはいたが、エロ動画かよと打ち消していた。

COFFEE

「けど先生はハードル高いな。既婚者《きこんしゃ》…じゃないよな。別れたって言ってたもんな」

自分の恋愛事情を生徒に洩らす先生か、と若い教師を思い浮かべつつ、深水は入江の片恋がなんとか成就しないものかと一人で可能性を探っていた。とにかく卒業までは待たないと無理だよな…などと考えていると、向かいの入江が妙な顔をしてこっちを見ていた。

「なあ先生、それ本気で言ってんの」

入江が気の抜けた声で訊いた。

「うん？」

「先生つったら先生だろ」

「担任？」

ふざけんな、と入江が目を怒らせた。

「先生だって言ってんだろ」

頬が紅潮して、激しい感情が伝わってくる。なんでそんなに怒ってるんだ？　とぽかんとして、次にはっと閃いた。

「――は⁉　も、もしかして、俺？」

あまりに衝撃で、思わず大声を出して椅子から腰を浮かせてしまった。入江がゲイだと知った何十倍もの威力だ。周囲の視線が集まって、深水は慌てて座り直した。

「いやいやいや、ちょ、ちょ、ちょっと待って」

焦ってグラスの水を飲んで、逆にむせた。

「そこまで驚かなくてもいいだろ」

入江が不機嫌に言ってお手拭《てふ》きを差し出した。

「だっ、だって。びっくりすんだろ、それは」

おたおた水を拭きとったり、濡れそうになっている模試のプリントをどかしたりしたが、驚きすぎて頭が働かない。

「いやー、でも、その……、俺は『違う』しな…?」

傷つけない断りかたなどないが、それでも少しでも痛手をやわらげたくて、深水は精一杯言葉を選んだ。が、結局そんなことしか言えなかった。

「わかってるよ」

入江がぶすっとして答えた。

「先生がオールオッケーとか言うから、つい百万分の一の可能性を感じてしまったけど、わかってる。黙ってるのしんどすぎて、模試で合格ボーダー超えたら言うって決めてただけだから」

深水の返事など織り込み済みだったというように、入江のほうはいつもとさして変わらない態度だった。自分がゲイだと打ち明けて、いろんなことが吹っ切れたのかもしれない。

「えっと、あの、ごめんな…?」

「謝んないでよ。逆に傷つくから」

「あ、そうか。じゃあその、ありがとう」

「お礼もなんか違う」

入江がずけずけ言うので、深水は動揺しつつ、むっとした。

「ほんじゃなんて返せばいいんだよ」

「希望訊くんだ？　なら『俺も好き』一択でしょ」

「まあ、入江のことは好きだけれども」

話しているうちにやっと少し落ち着きを取り戻して、深水はまたグラスの水を一口飲んだ。

「先生の友達に、そのうち会わせてよ」

入江はさらにいつも通りのテンションで、そんなことを言ってきた。

「うん、いいよ。ふくちゃん面白いからすぐ仲良くなれると思う」

「じゃあ、受験終わったら。約束な？」

「わかった。あ、ちなみにふくちゃんも同じ大学で、仏文科。そんじゃ入江の受験が終わって、晴れて同じ大学入れたら、お祝いかねて三人でメシでも行こうよ」

「うん……」

入江は椅子に背を預け、はあ、と力が抜けたように息をついた。

「すげー迷ったけど、やっぱり言ってよかった。すっきりした」

百パーセントとは言えなかったが、入江の笑顔は曇《くも》ってはいなかった。

「よかったな」

思わず言うと、入江は変な顔で笑った。

「なんだ、その他人事《ひとごと》感」

「いや、だって」

「あのさ」

入江が思い切ったようにまっすぐ深水と視線を合わせた。

「また勉強、教えてくれる?」

「うん、もちろん」

これがきっかけで疎遠《そえん》になるのはさみしい。入江の瞳が明るくなった。

「よかった」

コーラの氷はすっかり溶けていた。入江はそれを一息に飲んで、もう一度「よかった」と呟いた。


そうは言っても、一度「恋愛」というものが絡んでしまったら、もう元には戻れないかもしれない、と深水は半《なか》ば覚悟していた。深水にとって入江は弟のような存在で、せっかくこんなに仲良くなったのに、という思いはあるが、入江には入江の気持ちがある。

もし心の整理をつけたい、と距離を置かれたら、それはそれでしょうがない、と諦めていた。

でも、ぜんぶ杞憂《きゆう》だった。

入江は三日ほどして「長文読解でわかんないとこあるから教えて」と連絡してきた。

そして待ち合わせのカフェで、何事もなかった顔でテキストを開いていた。

告白してすっきりした、と言っていたのは本当だったんだ、と深水はかなりほっとした。

入江はそれからもちょくちょく連絡をよこした。深水としては入江のことは気に入っていたので、「構文教えて」とか「ちょっと気分転換したいからカフェつき合って」とか連絡がくるたびに気軽に応じた。

そうこうしているうちに年が明け、センター試験も終わった。

模試のたびにしっかり合格ボーダーをクリアしていたのでさほど心配もしていなかったが、入江は無事深水と同じ大学の理工学部に合格した。

電話で合格の報告を受けて、深水は「そんじゃふくちゃん紹介するから、お祝いかねて一緒にメシでも行こうや」と誘った。

いろいろ忙しいだろうから入江の予定が決まったら教えて、了解、というやりとりをしたのが先週のことだ。

そうして今、入江はアパートの玄関に立っている。引っ越し挨拶のタオルを携《たずさ》えて。

「今日からお隣に引っ越してきました。よろしくお願いします」

3

のし紙のついたタオルを受け取り、深水《ふかみ》はしばらく呆然としていた。

「どういうこと…？」

混乱している深水に、入江《いりえ》はちょっと気まずそうに「黙っててごめん」と謝った。

「けど、事前に引っ越しのこと言ったら、先生ぜったい警戒すると思って」

「警戒って、なんでよ」

逆にその発言に警戒するだろ、と深水は思わず一歩後ずさった。

告白されて断ったあと、お互いそのことには一度も触れなかったし、変な空気が漂うこともなかった。区切りがついて仕切り直しができたんだな、と深水は完全に安心しきっていた。

「だって俺、まだ先生のこと好きだし」

「はあぁっ？」

びっくりしすぎて声が裏返った。

「今さら、なに言ってんだ？　それもうとっくに結論出したやつだろ⁉　俺は入江のことを好ましく思ってはいるけど、そういう意味ではまったくもって無理だよってあんときはっきり言ったよな？」

「わかってるってば」

「いやいやいや」

「ちょっとちょっと、なに騒いでんの、君ら」

ふいに後ろから福田《ふくだ》の間延びした声がした。

「二日酔いの頭に響くんだけど…」

福田はひょろりと背が高い。古着やリメイクした服が好きで、とうとう自分で古着屋を始めたほどの洒落《しゃれ》ものだ。が、今は寝起きで、よれよれのスウェット姿だ。

「初めまして。俺、隣に引っ越ししてきた入江です」

入江がはきはきと挨拶《あいさつ》をした。玄関脇の流しで水を汲《く》もうとしていた福田が、入江、という名前に「ん?」と反応した。

「入江って、もしかして、深水が家庭教師してた高校生の入江君?」

いきなり言い当てられて目を丸くしたが、すぐ入江もああ、と嬉しそうに口元をほころばせた。

「もしかして『ふくちゃん』さんですか?」

「そう。なんだー、君が入江君かあ。話聞いてるよ。俺たち仲間なんだよね?」

高校のころまでは親しい友人にしか打ち明けていなかったが、大学に入ってから、福田は徐々に自分の指向をオープンにしている。福田があまりにあっさりと「仲間」と言ったせいか、入江は一瞬目を丸くした。それから歯を見せて笑った。

「はい。よろしくお願いします」

「うんうん、こちらこそよろしくねー。ってか君、パーティなんか行ったらただごとじゃなくモテるよ？　深水、おまえなんでこんなカッコいい子だって言わないのよ」

「イケメンだっつったよ？」

「そんな語彙《ごい》じゃ伝わらんでしょ。トムハ似の高校生だとか言ってくんないと」

「えっ、トムハはちょっと違うだろ」

「引っ越しって、荷物今から入れるの？　手伝おうか」

二日酔いもさめた様子で、福田は深水をスルーして入江に声をかけた。

「ありがとうございます。でも大家さんが清掃業者入れてくれたし、ベッドとかは通販で買ったのが明日届く予定なんで、今日はそんなにすることないんです。実家が近いんで他の荷物はちょっとずつ運ぶつもりだし」

「そうなんだ」

福田が「入れてあげなよ」というように深水のほうを見る。

「…上がるか？」

まだいろいろ動揺がおさまらないが、確かに春先の早朝で、玄関先で話をするのは寒い。今さらの「まだ好き」発言にきっちり無理だと念押しする必要も感じた。

「いいの？」

「ってもうスニーカー脱いでんじゃねーか」

おじゃまします、と入江は興味津々の顔で玄関から居室部分に入った。

「当たり前だけど、間取り同じだね」

「まあ適当に座って」

昨日、福田とだらだら海外ドラマを見ながら飲んだのがそのままになっていて、ベッドとコタツを押し込んでいる六畳間はなかなかの惨状《さんじょう》だった。入江がスナックのあき袋をつまみあげて「これ、片づけるね」と許可を取るように深水のほうを見た。

「そう？　悪いね」

福田が流しでコーヒーを淹《い》れ始めたので、深水は入江を手伝ってコタツの上の空き缶やごみを片づけた。

「ねえ先生、ここってけっこうな汚部屋《おべや》じゃない？」

最初はコタツの上だけを片づけていたが、コタツ布団の横に衣類が山になっているのに気づき、入江は改めて部屋の中を見渡した。

「え？　そう？　まああんまり掃除はしないけど、そこまでじゃないだろ」

汚部屋とは失礼な、と思ったが、そういえば入江の自室はいつ行ってもきちんと整えられていた。お母さんが掃除してるのかな、くらいに思っていたが、よく考えてみると入江は自分の部屋を勝手に触らせる性格ではない。

「先生、これ気になるから、ざっくり畳んでもいい？」

入江が衣類の山から靴下をつまみあげた。

「あ、じゃあお願いします」

「けどこれ、洗濯してるのとしてないのとごっちゃになってるような…」

「そーなんだよ、なんかわかんなくなっちゃってさ」

まじか、というように入江が眉を寄せる。

「先生がこんなだらしないとか、俺けっこう衝撃なんだけど…」

台所でやりとりを聞いていた福田が「もっと言ってやって」と笑ってけしかけている。その流しも使用済みのグラスやマグカップでいっぱいになっていて、福田が湯を沸かしながら洗ってくれていた。

「ごみの分別《ぶんべつ》とかも、ほぼほぼ俺がやってるからねー」

「そうなんですか？」

非難の声に、深水は首をすくめた。

「ふくちゃんマメだからさ…」

「おまえがずぼらなんだよ」

「いやいや、男子大学生の一人暮らしなんかこんなもんだって。三崎《みさき》んちだってひでーじゃん」

「でも、深水って料理はマメだしそこそこ上手いんだよ。ツマミとかちゃちゃっと作ってくれるし」

「先生、自炊してるんだ？」

入江の目が、こんどはいきなり尊敬に変わった。

「自己流だし、そんなたいしたもの作んないけどね」

「へえ…」

「ちなみに入江君は一人暮らし初めてだろ？　家事とか大丈夫なの？」

福田がコーヒーカップの取っ手をまとめて持って、器用に三つ運んできた。

「いえ。正直、不安はあるんです。特に料理はカップ麺《めん》にお湯注《そそ》ぐくらいしかできないから」

「君ら、補い合えばちょうどいい感じなんじゃないの？」

福田がコーヒーを啜《すす》りながら面白そうに二人を眺めた。

「お隣同士、仲良くしたら」

「それなんだけど」

そうだ、そこをはっきりさせておかねば、と深水は入江のほうに向き直った。

「仲良くするのはやぶさかじゃないけど、俺はゲイじゃないからね。つき合うとかは絶対無理だよ？」

「わかってるって言ってるじゃん」

入江がうんざりしたように言った。

「つき合ってくれとか頼んでないし」

「まあ、それはそうだけど」

「ところで入江君、二丁目って行ったことある？」

深水を押しのけるようにして、福田が話に割り込んだ。

「いや、ないです」

「俺、いい店いっぱい知ってるから、今度一緒に遊びに行こうよ。君なら深水なんか狙わなくても選びたい放題だよ」

そうか、入江なら確かにすぐ彼氏ができるな、と深水は少し気が楽になった。

「受験も終わったし、せっかく一人暮らしになったんだし、遊ばないと」

「でも俺、遊ぶ前にバイト探さないといけないんですよね。生活かかってるんで」

入江がまた意味不明のことを言い出した。

「バイトはわかるけど、生活かかってるって、なに？」

福田も同じ疑問を持ったようだ。

「先生から聞いてると思いますけど、俺、医学部受験やめるやめないで親と揉《も》めたんですよ。それで、親戚に恥ずかしくないレベルの大学にストレートで受からなかったら医大予備校行くって約束で、受かったらその大学行っていいけど、家は出てけってことになってたんです」

「えっ、そうだったの？」

親とあまりしっくりいっていないのは知っていたが、そんな約束をしていたことは初めて聞いた。

「大学の学費と一人暮らしの初期費用は親の務めとして出してやるけど、あとは俺の自由にするんだから自分でなんとかしろって」

「へー…」

福田が目を丸くしている。深水もちょっと驚いた。

「一ヵ月の生活費って、どのくらい稼《かせ》いだらいいんですかね。友達は十万仕送りしてもらうって言ってたから、そのくらいかなと思ってるんですけど」

「深水、ここの家賃っていくらなん？」

「二万」

福田に訊かれて答えると、「安っ」と驚かれた。

「安いんだろうとは思ってたけど、そこまで!?」

「ちなみに水道料込み」

「は？　マジで？」

「水道のメーターが共同になってるとかなんとかで、家賃に入ってるんだよね。あと管理費が千五百円」

「先生のアパート、外から見たことしかなかったけど、家賃安いよって聞いてたし、それもあってここにしたんです。福田さんは実家なんですか？」

「俺は彼氏と同棲《どうせい》してる」

うふ、と可愛く返されて、入江が鼻白《はなじろ》んだ。

入江が隣に越して来た理由が家賃にもあったと知って、深水はさらに安心した。

「問題はガスで、プロパンだから高いんだよ。まーでも食費次第だよなあ。このへんスーパー激戦区だから慣れたら自炊が最強だと思うけど、最初のうちは値引きシール狙《ねら》って弁当が無難だな」

ふーん、と真剣に話を聞いている入江に、せっかくあの不愉快な家から独り立ちしたのなら、ぜひ手助けしてやらねば、という使命感のようなものが湧いてくる。

「俺は親にアパート代払ってもらってるから偉そうなこと言えないけど、あの豪邸からこのぼろアパートに引っ越しするって決断できたんだったらなんとかなるって。困ったときには俺が助けるし」

「俺もできることがあったら協力するよ。だからそのうち一緒にパーティ行こ？」

「俺が先生のこと諦められたらですね」

どさくさまぎれの福田の誘いに、入江もさらっと返した。

「だからそれは無理って何回も言ったよな!?」

まだ言うか！　と思わず声が大きくなった。入江はじろっと深水を見やった。

「俺もわかったたって何回も言ったよ。だからつき合ってくれとか言ってねーだろ。ただ好きなのは自分の意思じゃどうにもならないから、正直にそう言ってるだけじゃん」

開き直った態度でそんなふうに言われると、確かにそのとおりで、返す言葉が見つからない。

「そーだよなあ、好きになっちゃうのは不可抗力だもんなあ」

福田は完全に面白がっている。

「まーまー、仲良くやんなよ」

福田が適当なことを言ってほがらかに笑い、入江は「よろしくお願いします」と深水に向かって頭を下げた。深水はこの状況をどう解釈すべきか、しばし悩んだ。

「――こちらこそ」

自分が「無理」なことをわかっているなら、まあいいか。入江自身のことは気に入っているんだし。

結局、そういうふうに落ち着いた。


月見荘《つきみそう》アパートは、深水の実家とは細い生活道路を隔《へだ》てたすぐ隣にある。深水が小学校のころまでは若い住人がしょっちゅう出入りしていた記憶があるが、徐々に人けがなくなっていき、今は深水と入江の他には長距離トラックの運転手が入居しているだけらしい。あとは何室かが倉庫として借りられている。

「その長距離トラックの人も、不動産屋さんからそう聞いただけで、会ったことないから、たぶん住所が必要で借りてるだけみたいな感じじゃないのかな」

見切り品コーナーで厳しく野菜を吟味《ぎんみ》し、深水は入江の持っている買い物かごに南瓜《かぼちゃ》と玉ねぎを放り込みながら言った。

「じゃ、実質俺と先生しか住んでないってこと?」

「たぶんね」

「だから他の人見かけないんだな。まあ気楽でいいけど」

入江が引っ越ししてきて、あっという間に三ヵ月ほどが過ぎた。

不意打ちで現れた上、まだ恋愛感情が残っていると言われて身構えたが、入江のほうはつき合ってくれとは言ってない、と言った通りの態度で、「先生、シャワーのお湯出ないのどうしたらいい?」とか「物干し金具が壊れてる気がすんだけど」とか言ってくる。

取り壊しも視野に入っていそうなアパートにメンテナンスを求めるのは無理な話で、シャワーの湯温調整や排水溝《はいすいこう》が詰まったときの対処など、深水はこのアパートを住みこなすための知識やコツを身につけていた。それを伝授してやっているうちに、なし崩しで部屋の行き来をするような仲になっていた。

料理教えてほしい、というので時間が合うときにはこうして一緒に買い物をして作って食べたりもする。

バイトを決めて、入学式も無事に済ませ、入江の大学生活は順調に軌道《きどう》に乗った。

学部が違うので大学の敷地内で遭遇するようなことは滅多《めった》にないが、何度か食堂で見かけたときには、数人のグループで談笑していて、深水は授業参観で息子を見守る親の心境で安心した。

なにかあったときのために合鍵を預かってほしいと頼まれ、自分だけ預かるのもと思い、それぞれの部屋の鍵を交換した。今や雨が降ったら勝手に入って洗濯物を取り込むような間柄になっている。

「先生、玉子安いよ」

「いやいや、水曜の特売はさらに安い。早まるな」

「すげーな、そんなことまで覚えてるんだ…」

深水の節約生活はほぼ趣味のようなものだが、家賃は親の口座から落ちるものの、生活費を親に「ちょうだい」と言うのがなんとなく嫌で、それ以外は自分で賄《まかな》うようにしているのでそこそこ本気だ。

「先生、豆腐《とうふ》は？　半額だけど」

「おっ、それは買いだな」

二人で買い物してアパートに帰ると、鍋や各種調味料の揃った深水の部屋で調理をして、それを快適に整えられている入江の部屋に運んで食べる、という流れがすっかり定着している。今日の献立《こんだて》は肉豆腐、白菜と玉子の中華スープ、ちぎりキャベツの塩昆布《しおこんぶ》あえ、南瓜の煮物だ。

大きなトレイに大皿を載せて、隣の部屋に運ぶ。

「あー、腹減った」

入江の部屋はいつ行ってもすっきりしている。押し入れという最強の収納がついてんのに片づかないほうがどうかしてる、というのが入江の弁だ。

「いただきます」

育ちのいい入江は毎回ちゃんと手を合わせる。すでに定位置になっているローテーブルの一角を陣取《じんど》って、深水もさっそく箸《はし》を取った。適当を旨《むね》とする深水の料理にはレシピがない。「目で盗め」方式で、教えるというよりただ一緒に料理している。

「うッま」

肉豆腐を一口食べて、入江がご飯をかきこんだ。

「この甘辛《あまから》さ、最高にコメに合う」

入江とは味覚が似ているようで、何を作っても美味《うま》い美味いと喜んでくれるので、深水も料理のしがいがあった。

「けど、入江もだいぶ料理できるようになったよな」

「野菜を切るというハードルを越えたら案外いけるってわかったよね。つか、日本の市販調味料はすげーってのが一番の発見」

「確かになー」

「けど、こういうのぱぱっと作れるのはセンスだよな」

入江がちぎりキャベツを箸でつまんで感心している。深水は深水で、自分より数倍忙しいはずの入江が、合理的なローテーションで洗濯や掃除をこなしてこざっぱりした生活をしているのに感心していた。

「そらそうと、ふくちゃんが土曜日来るってよ」

入江は福田ともすっかり意気投合しているので、福田が遊びにくるときには必ず声をかけていた。

「あ、そんじゃバイト終わったら行っていい？」

「うん、いつでもいいよ。どうせふくちゃん泊まってくし」

しゃべりながら深水はちらっと入江を窺った。キャベツをぱりぱり食べている入江は、福田のゲイコミュニティへの誘いをいまだに断り続けている。

「なに？」

「いや、なんでもない」

すっかり隣人として安定しているが、入江に彼氏ができたらさらに安心できるのに、というのが深水の本音だった。福田の誘いを断っているということは、つまりまだ自分のことをそういう目で見ているということで、ときどき深水は落ち着かない気分になった。

「先生、そんじゃ俺、ちょっと走ってくる」

「あ、もうそんな時間か」

食べたあともだらだら雑談をして、しばらくすると入江が腰を上げた。

入江は最近になって身体が鈍《なま》らないようにとジョギングを始めた。バイトの掛け持ちをしていて、さらに「身体が鈍らないように」と考えるストイックさに、深水は驚くばかりだ。

「じゃあ、適当にやってて」

「うん」

ジャージに着替えて出て行く入江をローテーブルの前から見送り、深水は少し前に福田から「あんまりべったりしないほうがいいんじゃないの」と言われたことを思い出した。

最初は仲良くしたら？　と面白がっていたくせに、合鍵を渡し合い、一緒に料理して食べるような間柄になると、福田はなぜか渋い顔をするようになった。

「深水は無自覚だからタチが悪いっちゅーかね…食べちゃダメな好物が目の前に置かれてて、ずーっとお預けくってんのってものすごいストレスじゃん？」

非難するように言われたが、深水は納得がいかなかった。

「それって俺のせいなの？」

「まー引っ越ししてきたのは入江君のほうだし、深水はなんも悪くないけどさ」

福田は複雑そうに「けど、俺はやっぱ入江君側だから同情しちゃうんだよね」と言っていた。

「んなこと言われてもなー…」

実はこれから夏を迎えるにあたって、冷房代節約のために夜は一緒に寝てはどうか、という案を温めていた。入江はまだエアコンを導入していないし、断熱材の入っていない古いアパートの夏は尋常でなく暑い。

しかし「一緒に寝ないか」という提案はさすがに無神経だろうな、と逡巡《しゅんじゅん》していた。たぶん無神経だ。

やっぱりどこかの電気屋で安いクーラー見つけてきてやるのが現実的だよな…などと考えながら、深水はごろっと横になった。ローテーブルの上にはコーヒーの入ったマグが一つだけ置いてある。

作るのは先生がメインなんだから、と食べたあとの片づけはいつも入江がやってくれる。満腹中枢《ちゅうすう》に指令が行く前にやるのがコツなんだよ、という合理的思考で、入江は最後の皿が空くとすぐ流しに食器を運んで洗い上げてしまう。そのときついでに湯を沸かして、コーヒーを淹れてくるまでがセットになっていて、なるほどさっさとやれば時間もかかんないんだなあ、などと深水は毎度感心しつつ、やはりぐうたらは直らないのだった。入江の部屋は居心地がいい。

それは掃除が行き届いているとか、片づけができているとかだけではない。入江のそばが心地いい。

親友に注意されたことは心の片隅にあったけれど、やはり自分から離れる気にはなれなかった。

4

福田《ふくだ》の彼氏は、祖母から受け継いだという古い町家《まちや》で、「珈琲屋《コーヒー》」という小さなカフェを営《いとな》んでいる。並びも空襲から奇跡的に焼け残った長屋通りで、今はどこも古い家構えを活《い》かした雑貨屋や洋食屋になっており、週末などはかなり混みあった。

福田はしばらく前から、その彼氏の店の二階で古着屋を始めていた。

実家がクリーニング店なので、深水《ふかみ》は生地の性質や扱いを知っている。福田が買いつけてきた大量の古着を仕分けるのに、「目利《き》きの深水殿にご意見をうかがいたい」と最近は毎回呼ばれていた。

その日も二人で仕分けをやって、お疲れお疲れ、と一階のカフェで店のオリジナルメニューとカクテルをご馳走《ちそう》になっていた。

彼らの友人が集まるので、珈琲屋の夜は男同士のカップルのたまり場にもなっている。みな自然体なのでまったく違和感はないが、頬を寄せ合うようにしてくすくす笑い合ったり、テーブルの上で手を握り合ったりしている男同士のカップルに、深水はいつも「ここでは俺のほうが圧倒的マイノリティなんだなあ」としみじみする。

「そう言えば深水君、お隣のイケメン君とはどうなってるの？」

福田が厨房の手伝いに入り、そろそろ帰ろうかなと考えていると、顔見知りになっている店の常連から話し掛けられた。

岩野《いわの》はここの常連の中では珍しい会社員で、酔うと説教癖が出るので、深水はやや苦手だった。

「別に、どうもなってないですよ」

特に声高《こわだか》に話しているわけではないが、福田との会話を聞いて、常連はみな入江《いりえ》の存在をなんとなく承知している。とはいえこんなふうに直接話題に出されるのはあまり気持ちのいいものではなかった。

「もったいぶらないで、ここに連れてきたらいいのに」

岩野は勝手に深水の前の椅子に腰掛けた。

「なんだかんだ、深水君もまんざらじゃないから、他の男に接触させないようにしてんじゃないの？」

なにか嫌なことでもあったのか、言葉が刺々《とげとげ》しい。

「そんなことはないですけど、それじゃそのうち誘ってみます」

「そのうちっていつ？　もうとっくに大学夏休みでしょ？　この週末とかどう？」

「今、彼、実家に帰ってるんで」

夏休みになってから、今のうちに稼《かせ》いでおかないと、と入江はめいっぱいシフトを入れて、先週までは朝から晩までバイトに励《はげ》んでいた。

引っ越ししてきてから実家とはまったくの没交渉のようだったから、入江が「しばらく実家に帰ってくる」と言い出したときはちょっと驚いた。

入江の祖父がなにかの学会で賞をもらったとかで、その祝賀会に顔を出せと言われたらしい。学費出してもらってるしこのくらいの義理は果たさないと、と嫌々出かけてもう一週間以上になる。親戚とのつき合いがいろいろあるらしく、ぼんぼん大変だな、と同情していた。

「じゃあ、こっち戻ってきたら連れておいでよ」

「そうですね。じゃ、そろそろ行きます」

まともに取り合う気もなくて、深水は席を立った。

「ふくちゃん、帰るね」

「お、そう？」

厨房のほうに声をかけると、福田が手を拭《ふ》きながら出てきた。

「岩野さんにちょっと絡《から》まれたよ」

店の外まで見送りに来てくれた福田に、注意喚起《かんき》の意味で耳打ちすると、わかってる、というようにうなずいた。

「悪かったな。あの人最近彼氏にふられて荒れてるんだよ」

「それで入江連れてこいとか言ってたのか」

「入江君、まだ実家?」

「うん」

どうせ居心地がいいわけないのだから、早く帰ってくればいいのにと思う。

それじゃ、と福田と別れて駅に向かいながら、一人のアパートに帰るのがなんとなくさみしかった。いつの間にか入江がいる生活に慣れ過ぎていて、その前のことを思い出せないくらいだ。

梅雨《つゆ》があけてから、夜になっても蒸し暑い日が続いている。結局入江はリサイクルショップでエアコンを買った。電気代が恐ろしい、と言って扇風機でしのいでいるが、それは深水も同様だった。でもそろそろクーラー入れないと無理だな…、などと考えながらどの窓にも明かりのついていないアパートの前まできて、深水はたまには自分も実家に顔を出すか、と思いついた。

衣替えシーズンが終わると、夏は比較的店が暇な時期だ。このところ「集配行ってきて」とか「染み抜きが来たから手伝って」とかで呼びつけられておらず、しばらく家に帰っていなかった。

「ただいま」

数週間単位で帰っていないと、玄関をあけるときになんと声掛けしていいのかちょっと悩む。リビングのほうからテレビの音は聞こえてくるが、深水の声は聞こえなかったのか、誰の返事もなかった。店舗の裏が自宅の玄関なので、三和土《たたき》はいつも業務用品の段ボールや家族の靴、フラフープやボールなど、店のものも家のものもごちゃまぜで散らかり放題になっている。なんとか隙間を見つけてスニーカーを脱ぐと、深水はリビングのドアを開けた。

つけっぱなしのテレビの前で、父親がソファに横になっていびきをかいていた。ダイニングテーブルにはまだ食べ終えた食器がそのままで、姉が一人テーブルでビールを飲みながらスマホを見ている。深水が入って来たのをちらっと見ると、またスマホの動画に目をやった。昔から姉とはそりが合わない。

「誰か来た？　あ、理一《りいち》。どうしたの」

台所から母親が顔をのぞかせた。

「どうもしないけど、ちょっと帰って来た」

「そう？」

双子はとっくに自分たちの部屋に引っ込んでいる時間で、二階から物音だけが聞こえてくる。年が離れすぎていることもあり、双子は自分の弟妹というより親戚の子ども、くらいの感覚だ。

姉はさらに他人だった。たぶん姉も同じように思っている。

「ご飯は？」

「友達と食べてきた」

ダイニングの、以前深水が座っていた椅子に姉が足を乗せている。ソファは父親が占領しているので座るところに迷っていると、姉が無言で立ち上がってリビングを出て行った。

「理菜《りいな》、お風呂入んなさいよ」

返事もせずに怠《だる》そうに廊下を歩いていく姉は、中学時代にずいぶん荒れて、今も両親の頭痛の種だ。名前さえ書けば誰でも入れるような短大をなんとか卒業して、今は家の手伝いという名目でぶらぶらしている。

気が向いたときだけ店頭に出て、やる気のない接客しかしない姉に給料まで出している両親は、はっきりいって馬鹿だと思う。娘をスポイルしていることは薄々わかっているのだろうが、店も忙しく、双子もまだ小学生で、取りあえず問題を起こさずにいてくれれば、でやりすごすしかないのは、まあわからなくもない。そして自分は結果として貧乏くじを引かされ続けているというのが深水自身の実感だった。

「ねえ、悪いんだけど来週またちょっと染み抜きの手伝いしてくれない？」

母親が手を拭きながら台所から出てきた。

「いいけど、姉ちゃんにもさせたほうがいいんじゃないの？」

ちょっと皮肉をにじませると、母親はあからさまに嫌な顔をした。

「理菜は細かいこと面倒がるから、向いてないでしょ」

高価な着物の染み抜きは、汚れを落とすだけでなく染色補正という技術がいる。深水は以前家で作業していた職人さんから遊びの延長で作業を教わり、いつの間にか一通りのことができるようになっていた。

「濱田《はまだ》さんが夏休みで、一人でぜんぶできる人がいないのよ。あんたの暇なときでいいから、ちょっと着物のほう見てあげて」

家業を手伝うこと自体は嫌ではないが、どうしてもわだかまりが残る。

二階で双子が騒ぎだした。

「もう、何時だと思ってんだろ」

母親が二階に上がっていき、深水は食べたままになっているダイニングテーブルに取り残された。

バラエティ番組の軽薄な笑い声と父親のいびきを聞いていると気が滅入《めい》ってきて、テーブルの上を少し片づけてやってから、家を出た。

家と店との区切りがなくて、お客さんやら業者やらが常に出入りしている中で育ち、深水はいつも自分が安心して過ごせる隙間を探していたような気がする。

両親は喧嘩しつつもまあまあ仲良くやっているし、家業もそこそこ儲《もう》かっている。経済的には余裕があるほうだろう。年がら年中ふてくされているような姉にはイラつくことも多いが、不満があるとしたらそのくらいだ。でも昔からなんとなく家にいるのが楽しくなかった。うっすらとしたこのさみしさがどこから来るのか、深水自身もよくわからない。

「入江、早く帰ってこいよー…」

どうせおまえも実家なんかいても楽しくないだろ、と心の中で入江に話しかける。

自分の部屋に入って、あまりの蒸し暑さにまず窓を開けた。思いがけず夜風が通って心地いい。スマホを見ると、トークアプリに入江からメッセージが入っていた。

『やっと最後のお勤《つと》め終了。早く帰りたい』

入江はふだん用件しか送ってこないので、こういうメッセージは珍しい。

『いつ帰ってくる?』

ちょうど向こうもスマホを見ていたらしく、すぐ既読《きどく》がついた。

『まだわからないけど、できるだけ早く帰る』

『ほんじゃおまえの部屋入っていい?　空気入れ替えとく』

『頼みます』

もうすぐ帰ってくるのか、と思うと自分でもおかしいほど気分が上がった。久しぶりに入江の部屋に入ると、閉め切っていた部屋は空気が淀《よど》んでむっとしていた。さっそくベランダを開け、玄関ドアも開放して空気を通す。

たった十日かそこらなのに妙に懐かしい気がして、深水は定位置になっているローテーブルの一角に腰を下ろした。実家では座る場所にも迷ったのに、しっくりくるのが不思議だ。あとは入江が帰ってくれれば完璧だ。

深水は誰とでも気軽につき合えるほうだが、逆に心を許してつき合える相手はあまり多くない。思えば入江とは初めから波長が合っていた。人の縁というのはほんとうに不思議だ。

そのままごろりと横になると、心地いい疲れが身体中に広がった。このままここで寝ていても入江は気にしないだろうが、ベランダも玄関のドアも開けっぱなしにしている。閉めないと、と思いながら、ちょっとだけ、と目を閉じた。外から道路を走る車の音や、近所のテレビの音が聞こえてきて、それがさらに眠気を誘った。

戸締まりして、電気消さないと…、いや、自分の部屋に帰らないと、…と思いながら、深水はいつの間にか寝入ってしまった。

ゆらゆらとしたとりとめのない夢を見ていて、ふっと目が覚めた。タオルケットがかけられたのに気づき、あれ、と首を持ち上げて薄く目を開けると、裸足《はだし》の足が目の前を通り過ぎるのが見えた。居間の明かりは消えていて、流しの上の蛍光灯だけがついている。入江の足は流しのほうに向かっていた。あ、帰って来たのか、と深水は妙な安堵を覚えた。

今帰ってきたところのようで、入江は水を飲んでいる。きゅっと蛇口《じゃぐち》を閉める音、コップをスタンドに載せる音がひそやかに聞こえる。

お帰り、と起きようとして、ふと悪戯心《いたずらごころ》が湧いた。不意をついて、わっ、と起き上がったらぜったい悲鳴を上げるに違いない。

ところが入江はなかなか戻ってこない。物音もしなくなった。どうしたんだろう、と様子をうかがおうとしたとき、板の間がきしむ音がした。慌てて寝たふりをしていると、入江は静かに戻ってきて、そのまま動かなくなった。じっと見下ろしている気配がする。驚かせるタイミングを失って、今目が覚めたふりで起きようか、と、思ったときに入江がすぐそばに膝をついた。先生、と揺すられるのかと思ったが、唇にそっと柔らかな感触が押しつけられた。

「——えっ」

キスされたのだと理解するのに少しかかった。目を開けた深水に、入江がぎょっと身体を引いた。

「お、お、起きてたんだ…っ？」

声が裏返って、いつもはふてぶてしいほど何事にも動じない入江が、仰天《ぎょうてん》して焦《あせ》りまくっている。キスされたことより、そのあまりの慌てように深水はびっくりした。同時に、この状況ならキスもありうるのか、と今ごろになって気がついた。

「おまえ、なに人の寝込み襲ってんだよ」

深水はとっさに「このくらいのことなんともねーよ」というふうに笑って見せた。本当は心臓が激しく打っていたが、それを気取《けど》られたら今のキスが「ささいなこと」にできなくなってしまう。入江はまだ凍りついたままだ。

「寝たふりして驚かせてやろうとしてたのに、まさかそんな不埒《ふらち》な真似をしてくるとはなー」

深水はできるだけ軽く睨んでやった。

「ご、——ごめん」

入江がようやく反応した。喉《のど》がごくりと動き、まだ激しく動揺しているのがわかる。ちょっと唇が触れた程度のキスでそこまで？　と深水は内心で鼻白《はなじろ》んだ。

「ほ、本当にごめん。夜中帰ってきたら先生が寝てたからびっくりして——その、魔がさした」

「魔がさしたって万引きかよ。いいって、別に。俺もしょーもない悪戯しようとしてたんだし」

せっかく「ちょっとしたこと」で流そうとしているのに、入江があまりにいつまでもうろたえているので、深水はだんだん呆れてきた。本当に入江にキスされたことはなんともなかった。他の男にされたらと思うとぞっとするが、入江にはそういう嫌悪感がまったくない。なぜだろう。家の行き来をして、一緒に暮らしているような感覚だから、軽いキス程度は抵抗がないのだろうか。

「それより家、どうだった？」

とにかく緊張した空気をどうにかしたくて、深水は話を変えた。起き上がって隣に来いと促《うなが》すと、入江はためらってから、少し間を空けて深水の隣に座り、ベッドにもたれた。

「長かったな。十日？」

「うん、今日でちょうど十日だ」

「疲れたろ」

入江はふー、と息をついてうなずいた。

「受賞パーティとか庶民にはわからん世界だけど、大変そうだな」

深水が水を向けると、入江は受賞式典や祝賀会の話をした。身内が主催した受賞記念の席にも顔を出せと言われ、さらに親戚が新しく建てた別荘に泊まりがけで招待されたらしい。話をしているうちに、入江はだんだんいつものペースに戻った。

ああ、入江がやっと帰ってきたんだなあ、と深水はリラックスした。

「いいなあ、別荘かあ」

「ぜんぜんよくねーよ。先生にできるだけ早く帰る、って送ったら、なんか急にもう我慢できなくなって、荷物リュックに突っ込んで帰って来た」

入江がぽつりと言った。

「…このアパートが一番落ち着く」

「俺も。さっき実家帰ったんだけど、ここが一番いい。なあ、なんかもっと喋《しゃべ》って」

入江の声が好きだ。特にこうしてひそひそ喋っていると、そう思う。

「なんかって、なにを」

「なんでもいいから」

「俺さ、兄貴とは腹違いなんだってのは言ったっけ」

入江がふと思いついたように訊いた。

「あー…家庭教師行くとき、かーさんがそんなこと言ってたかも。だからよけいに教育熱心なんだろうとかって言ってたな」

他人の家の内情などあまり興味がなかったから聞き流したが、入江の母親は後妻で、それまでは病院の薬剤師として働いていたらしい。前妻の子どものデキがいいから一生懸命自分の息子の尻を叩いているんだろう、というようなニュアンスだった。

「それ、でも実際は逆なんだよな」

入江が面倒くさそうに言った。

「逆？」

「おふくろは各方面にめっちゃ気を遣ってて、本音では俺が医者なんかなりたくないっつってるのにほっとしてんだよ。で、俺が兄貴より出来ないのを嘆《なげ》いて、バランスとってるわけ。やっぱり清彦《きよひこ》さんは高広《たかひろ》とはデキが違うわ、って。わかる？」

少し考えると、深水にもうっすらとしたパワーバランスが浮かんできた。

「やばいな。面倒くさすぎる」

「だろ？」

ははっと笑って、入江はなにか考えこむようにうつむいた。

「なあ。さっきの、——本当に嫌じゃなかった？」

「うん？」

急に話が戻って、深水は戸惑った。せっかくなかったことにしようとしているのに。

「どうってことない、あのくらい」

顔を上げた入江の目が、なにかを探るようにしてこっちを見ていた。そこに暗い情熱のようなものを感じて、深水はどきりとした。

「…本当に？」

低い声に、ざわっと背中にへんな震えが走った。

「うん、けどさすがにべろちゅーは無理よ」

台所の明かりだけでは入江の細かい表情は読めなかった。

「先生」

「さあ、ほんじゃそろそろ向こう帰るな。おやすみ」

突然なにかに急《せ》き立てられて、深水は勢いをつけて立ち上がった。

「またな」

入江がこっちを見上げている。

「うん。――おやすみ、先生」

掠《かす》れた声に、押し殺した感情が滲《にじ》んでいる。

入江は、俺が好きなんだ。

馬鹿みたいに、唐突に思い出した――というより、実感として初めて「わかった」気がした。

最初に告白されてから、もうすぐ一年になる。そのあとも何度か話の流れで好きだと言われたが、別につき合ってくれとか言ってねーだろ、というのとセットになっていて、いつの間にか深水の中で「入江は俺のことが好き」という事実は、ごみ収集日や明日の降水確率と同じような扱いになっていた。

覚えておかないといけないけど、日常の中でのちょっとしたこと。

深水自身は誰かを好きになって悩んだことがない。だからつい軽く扱ってしまっていた。

なんで寝たふりなんかしちゃったんだろ、と今頃になって自分の馬鹿さ加減を痛感した。入江の気持ちを揺さぶるようなことだとぜんぜんわかっていなかった。無神経だった。

でも俺が「無理」なのは知ってるんだし、このくらいのことでなにがどうなるということもない。

自分の部屋に入って、深水はそう思い直した。

ちゃんと「たいしたことじゃない」と決着をつけた。だから、今までと何も変わらない。

大丈夫、そのはずだ。

5

法学部と文学部が入っている法文棟は、芝生の中庭を取り囲むようにテラスが張り出している。

二階まで吹き抜けになっているロビーから福田《ふくだ》と一緒にテラスへ出ると、九月に入って、午後の日差しは思いがけないほど柔らかかった。

「やっぱ法文棟は女子多くて華やかだなあ」

空いているベンチに腰を下ろすと、深水《ふかみ》はカフェテリアで買ったばかりのドリンクにストローを刺した。目の前を二人連れの女子が通り過ぎて行ったが、まだ夏休み期間で学生の姿はまばらだ。今日は福田が事務局に用事があるというので、ここで待ち合わせをした。

「久しぶりに会ったらがらっと雰囲気変わってる子も多くてびっくりよ。…って、そんな話のために来たんじゃねーだろ」

「うん」

あの夜から、入江《いりえ》の様子がおかしくなった。

表面的には以前と同じように振る舞おうとしている。でも話していて緊張しているのがわかるし、うっかり深水に触れないように気を遣っているのもわかる。以前の気安い雰囲気はもうあとかたもなかった。

最初のうちはすぐ元に戻るだろ、と楽観視していたが、あれから二週間以上経っているのに、入江はまっすぐ深水と視線すら合わせなくなった。

「あー…それは」

ざっくり事情を話すと、福田は痛そうな顔をした。

「やっちまったな、入江君。つか、おまえもそれどーなの」

「俺？」

「寝たふりするとか」

「…そのときは、ただちょっと驚かせようって思っただけなんだけど…軽率《けいそつ》だったたって反省してる」

まーなあ、と福田はちゅっと野菜ジュースをストローで吸った。

「けど、キスったって、ほんとちょこっと、事故でぶつかったくらいのアレだったたし、俺が『違う』のはわかってんだから、友達同士の冗談って感じで流せばさ…」

「もう無理だろ」

福田が一刀両断で結論を出した。あまりにすぱっと言い切られて、深水は言葉を失った。

「そもそも無理だったんだよ。俺もさ、最初は入江君ならすぐ彼氏できるだろうしって面白がってたとこあるけど、何言っても俺は先生が好きだからってぜんぜん他に目がいかないの見てたら、なんか可哀想《かわいそう》になってきちゃってさ。でも片想いでいいって入江君が納得してんなら外野がどうこう言うこっちゃねえしなと思ってたけど…、こうなったらおまえのほうからしっかり距離置けよ。おまえが半端《はんぱ》なことしてるから諦められないし、しんどくなるんだろ」

「…うん…」

自分が残酷なことやってるってちょっとは自覚しろよ、と前から福田には言われていた。でもピンときていなかった。

「ふくちゃんの言うとおりだった」

「まー惚れられるほうも辛いよな」

深水が反省してうなだれると、福田の目に同情が混じった。

「それにしても、なんで俺なんかをそんなに好きなんだろ」

ついため息をついてしまったのは、深水も入江のことが好きだからだ。普通に隣人同士として仲良くできたら一番いいのに、と思わずにいられない。

「心は自分でコントロールできないから、しゃあねえよ」

「そうだよな…」

入江のことを好ましく思っているからこそ、距離を置くべきだ。

ペーパーカップをくしゃっとつぶし、深水はようやくけじめをつけよう、と決心した。

その日の晩、深水はアパートの外階段に座って入江が帰ってくるのを待っていた。

ブロック塀《べい》の内側の雑草から、虫の声がする。雲が出ていて星も月も見えなかった。そろそろ帰ってくるな、とスマホで時間を確かめて、こんなふうにバイトのシフトまで把握しているのは、やっぱりただの隣人としてはおかしなことだと改めて自覚した。

「先生」

キイッと自転車のブレーキ音がして、入江が帰ってきた。リネンのシャツにデニムで、リュックを背負っている。

「お帰り」

「どうしたの？　こんなとこで。あ、もうメシ食ったよね？」

「うん」

「明日は俺、カレーつくるよ。骨付きのチキン煮込むやつ」

「入江」

アパートのすぐそばにある街灯があたりを白く照らしている。入江は自転車にチェーンロックをかけると、深水のほうに近づいてきた。

「本当に、どうしたの？」

入江がなにかを察した。声が緊張している。

「これ」

深水は階段から腰を上げて、ポケットに入れていた入江の部屋の合鍵を差し出した。入江がえ、と顔を上げる。

「返すよ。だれか友達に預かってもらって」

「…なんで?」

声が固い。深水は言うべきことを頭の中で確かめた。

「この前は、俺が悪かった。おまえが俺のことをどう思ってくれてるのか知ってるのに、つまんない悪戯《いたずら》しようとして…」

「そんなの、俺が悪いんじゃん!」

入江が激しく遮《さえぎ》った。

「せっ、先生はなにも悪くない。俺が馬鹿だったんだ。でももうしない。絶対しない。ごめん、ほんとうにごめん」

入江があまりに必死で、深水は思わず後ずさった。

「もう二度とキスなんかしないし、先生を変なふうに見ない。約束する。好きって言うのもやめる。俺、実家で睡眠薬もらってるんだ」

「睡眠薬?」

「導入剤。それで寝てる。だから夜中に変なことしたりしない」

「入江」

必死に訴える入江の声が震えていて、深水は焦《あせ》った。導入剤を飲まないと眠れないほど思いつめていたこともショックだ。

「なあ入江、ちょっと落ち着こう」

「先生」

腕をつかもうとして、入江ははっとしたように深水から離れた。

「ごめん」

「いいって」

深水はあえて入江の背中を励《はげ》ますように叩いた。

「おまえなら、いくらでもいい人見つかるって。な？　俺も悪かったよ。おまえが好きって言ってくれてるのに、軽く考えすぎてた。だからお互いちょっと頭冷やそう」

「頭冷やすって？」

うつむいていた入江が顔を上げた。

「俺、しばらく実家帰るから」

「なんで？」

「なんでって」

「俺、もう二度と先生に触ったりしないから。好きって言うのもやめるし、だからいなくならないで」

「入江、入江」

落ち着かせてやりたいのに、これ以上触れるのもためらわれて、深水はどうしていいのかわからなくなった。

「おまえ、今ちょっと混乱してるんだよ。俺のせいだ」

「違う、先生のせいじゃない」

入江が激しく首を振った。

「いや、俺のせいだ。とにかく俺はいったん実家に帰るから。すぐそこなんだから隣に住んでるのとそんな変わらないじゃん。なんか困ったことあったらすぐ行ってやるし。な?」

自分が合鍵を握ったままだったのを思い出し、深水は手のひらにそれを乗せて入江に見せた。

「これも、それじゃもうしばらく預かってるから」

入江が瞬きをした。

「俺も、先生の部屋の鍵、持っててていい?」

「うん」

これで正解なのかわからなかったが、今は入江を不安にさせたくなかった。

「先生、ごめん。俺ちょっと疲れてたみたいで、変なこと言った」

入江がやっと我に返ったように肩から力を抜いた。作り笑いが痛々しくて、深水は目を逸《そ》らした。

「夏バテだな」

深水が言うと、入江は「そうかも」とささやくような声で言った。

「ちゃんと寝ろよ」

「うん」

入江が自分の部屋に帰るまで見届けてやりたかったが、深水はあえて気楽に「じゃあな」とアパートの敷地から出て、実家のほうに向かった。細い生活道路をぐるっと回るとそこがもう家の玄関だが、深水はアパートが見える位置で立ち止まった。待っていると、少ししてブロック塀の向こうで入江の部屋に電気がついた。

ほっとしたが、心配はなくならない。何かしてやりたいのに、なにもできないのがもどかしかった。

「ただいま」

ごちゃついた三和土《たたき》で靴を脱いで上がり、深水はリビングのドアを開けた。

「母さん?」

今日はリビングには誰もいなかった。テレビがついていて、ダイニングテーブルはいつものように食べっぱなしになっている。深水は二階に上がった。

深水が以前使っていた個室は、今はクリーニングの溶剤《ようざい》や長期保管の荷物置き場になっている。窮屈《きゅうくつ》だが、しばらく寝起きするぶんには問題ない。客布団だけ出してもらって、と考えながら、深水は何の気なしに部屋のドアを開けた。

「うわっ」

見知らぬ金髪の男が、いきなりドアを開けた深水に驚いて大声を出した。上半身裸で、あぐらをかいている。

「は⁉　誰？」

深水も仰天《ぎょうてん》した。男は段ボールに寄りかかるようにしてそっちこそ誰よ、というように深水をねめつけている。寛《くつろ》ぎ切った男の態度と、ラグや簡易テーブルの存在から、この男がこの部屋を自分のスペースにしていることが見て取れた。姉の服が散らばっているのも目の端でとらえ、むかむかと嫌な気持ちが湧き上がる。

「理一《りいち》？　来てるの？」

無言で睨み合っていると、階下から母親の声がした。深水はとりあえず階段を下りた。

「俺の部屋に知らない男がいたんだけど。あれ誰？」

男の不遜《ふそん》な態度や腕のタトゥーでだいたいのところは推察できた。姉の男の好みは救いがたいといつも思う。母親は気まずそうに二階のほうを見た。

「あれは…理菜《りいな》の友達だって」

「オトコだろ」

「そんな言いかた…」

「もしかして、また連れ込んでんの？」

以前も姉は自分の男を連れて来て、実家で同棲まがいのことをしていた。

「俺、しばらくこっちにいたいんだけど」

「えっ、どうして？」

「どうしても。姉貴、どこ？」

「理菜はいまお風呂。ねえ、そんなこと急に言われても無理よ」

赤の他人が傍若無人《ぼうじゃくぶじん》に部屋を占領しているのに、なんで俺が遠慮しないといけないんだ、と思うと苛ついた。

「男連れ込むのはどうでもいいけど、姉貴の部屋で好きにすりゃいーだろ。あそこもともとは俺の部屋じゃん。なんであいつがあそこにいるんだよ」

「理菜の部屋、荷物が多いからしかたないでしょ」

実家に男を連れ込む神経も、それを許す親の気も知れない。

それ以上言い合いをするのも嫌で、深水は家を飛び出した。まだ九時を回ったところで、行くところはいくらでもある。駅前にはカプセルホテルもネットカフェもあるから、最悪そこに泊まればいいや、と考えながら細い路地を出た。角を一つ曲がればすぐ前がアパートの敷地で、深水は歩調を緩《ゆる》めた。

アパートに戻りたい。

ささくれた気持ちをどうにかしたくて入江の顔を見たい、と思っている自分に気づき、深水はポケットの中の合鍵をぎゅっと握った。距離を置くと決めたのに、もう気持ちがぐらついている。

入江のそばが一番落ち着くのに、もうあんな穏やかな時間を過ごすことはできないのかと思うと気持ちがふさいだ。

そのとき、アパートの敷地から誰かが出てきた。

「——入江？」

「先生」

入江は自転車を押していた。背中に大きなリュックを背負っている。

「こんな時間から、どっか行くのか？」

「——家に、帰ろうかなと思って」

びっくりして訊くと、入江がぽつりと答えた。

「家に？」

「もともと俺が勝手にここに引っ越ししてきたのが悪いから」

入江はうつむいてデニムのポケットからごそごそ何かを引っ張り出した。

「これ。あとで返そうと思ってた」

チャックつきの小さなビニール袋に入っていたのは深水の部屋の合鍵だった。

「ちょっと待てよ」

深水は自転車に乗ろうとしている入江の腕をつかんだ。

「帰ってどうすんだよ。おまえんち、疲れるんだろ？」

今自分が苛立っている気分をそのまま重ねて、深水は入江を引き留めた。

「でも俺のせいで先生がアパートいられないのはおかしいから。悪いのはぜんぶ俺なのに」

「別に入江は悪くない」

「――先生」

入江の声がかすかに震えた。

「ごめん。もう諦める。…ほんとに、諦めるから」

それだけ言って、入江はしばらく絶句していた。深水も言葉を失くして立ち尽くした。

入江の気持ちを受け入れてやれたら、どんなにいいだろう。嫌いじゃない。むしろ好きだ。一緒にいて心地よくて、いくら長くそばにいても飽きない。

俺がゲイだったらよかったのに、と生まれて初めてそんなことを思った。でも、こればかりはどうしようもない。

「ごめんな、入江」

こんなことしか言えない自分が心底残念だった。入江はうつむいて首を振った。

「これ、返すな」

財布の中に入れている入江の部屋の合鍵を出して、差し出した。

「こんなの持ってたのがおかしかったんだよ。普通に、俺もおまえも、隣同士で住んでたらいいじゃん」

入江がじっと深水の顔を見つめた。鍵を受け取ると、唇がわずかに開いたが、何も言わないまままたうつむいた。

「もうおまえ、温水の調整もできるし、排水溝《はいすいこう》のクセもつかんだし、近くのスーパーの特売ローテーションも覚えたよな」

「うん」

だからもう、同居しているような密なつき合いは解消しよう。

できるだけ気軽な調子でそう話すと、入江はうつむいたままじっと聞いていた。

「くそ、ふられた」

入江が顔を上げてへへ、と笑った。まだ完全ではないにせよ、吹っ切ろうとしているのがわかって、深水も笑った。

「今さら何言ってんだ」

「あーあ。失恋した。ふられた。めっちゃ好きだったのに」

入江が自転車を押してアパートのほうに引き返し始めたので、深水は横に並んだ。

「おかしいな。俺、先生に彼女ができて諦めるはずだったのにな」

入江がぼやくように言った。

「そんな予定があったのか」

「先生ってきれいな顔してるし、優しいし、彼女いないほうが不思議だからすぐできるよなって思ってた」

「そら悪かった」

「悪くないよ。…こんな長く片想いしてられて、ラッキーだった」

ぼろぼろの駐輪所に自転車を入れて、入江は階段のところで待っている深水の前に立った。

「先に上がって」

戸惑ったが、深水は言われるまま階段を上がった。下を見ると、入江がじっとこっちを見ていた。

「おやすみ、先生」

入江の声がしっかりしている。深水が階段を上がっているわずかの間に、入江はなにかを決心していた。

「彼氏できたら、紹介するな」

街灯の白っぽい光の中で、入江はまっすぐこっちを見ていた。

了解、と言う代わりに手を上げて、深水は自分の部屋の玄関を開けた。

しばらくして入江が階段を上がってくる足音がして、隣の部屋のドアが閉まった。

6

「ふくちゃん、『健康百菜』と『ベジタリジュース』、どっちがいい？」

しなびかけた野菜や賞味期限の怪しい加工食品がぎっしり詰まった冷蔵庫を開けて、深水《ふかみ》は毛布にくるまっている親友に声をかけた。

入江《いりえ》と一緒に料理をしていたころは、冷蔵庫の中は常に在庫整理がなされていた。今は元通りのカオス状態だ。今も隣の部屋の冷蔵庫はきれいなんだろうなあ、とふと考える。

「野菜ジュースより水がいい…」

福田《ふくだ》の弱々しい二日酔いの声が聞こえた。例によって深水も同じで、ごちゃごちゃの冷蔵庫を見ていると気持ちが悪くなってきた。急いで野菜ジュースを一つだけ引っ張り出し、福田には水を持って行った。

「サンキュー。いま何時？」

「九時半」

「うぁ…今日二限休講で助かった」

よろよろ起き上がった福田の周りには就職系のフリーマガジンが散乱している。昨日ふたりで「就職どうするよ」と検討していたものだ。きれい好きの隣人のおかげで一時はかなり整っていたが、冷蔵庫同様、今は部屋も元の木阿弥《もくあみ》だ。

十月を過ぎて、アパートのメールボックスには分厚い就職情報誌ががんがん突っ込まれるようになった。夏あたりからインターンとか業界分析とかのワードを目にするようになっていたが、ここにきて一気に就職が目の前に迫《せま》ってきた気分だ。

「ふくちゃんはアパレルって絞《しぼ》れてるのがいいよなあ」

彼氏の経営しているカフェを手伝いつつ、二階で古着の販売をしている福田は、ひとまず就職して業界の勉強をしてみる、という方針のようだ。

「まあ、俺の場合は絞れてるって言うよか他に選択肢がないって感じだけどなー」

深水の周囲にいる目端のきく学生は、すでにサマーインターンに応募して勝負を決めつつある。職業人生にあまり多くを望んでいない深水は、社会人として最低限の義務を果たせたらいいな、くらいの希望しかない。当然就職活動にも熱が入らないままだ。

「深水んちって自営じゃん？　あと継がないと、とかないの」

福田がごそごそ着替えをしながら訊いた。

「そんな話、したことない。継ぐなら姉貴だろ」

店番くらいしかしていないが、姉は扱いとしては従業員だ。

「染み抜きとかやっても俺にはありがとねーだけなのになんでよって思うけどさ」

そういえばまた手伝ってくれと言われていた。このところ実家に行くのがどんどん憂鬱《ゆううつ》になっていた。

学食でコーヒーでも飲もうか、と話がまとまって、福田と一緒に部屋を出た。

「あ、入江君。久しぶり」

アパートの敷地を出ようとしたところで、入れ替わりのように入江が帰って来た。

「こんにちは。お久しぶりです」

入江は笑顔で挨拶《あいさつ》を返してきた。見たことのない長袖《ながそで》のシャツを着ている。深水にも軽く会《え》釈《しゃく》して、そのままアパートのほうに向かって行った。

あれからひと月経《た》って、入江とは「顔を合わせれば挨拶する程度の隣人」という関係に軟着《なんちゃく》陸《りく》していた。

壁が薄いので、帰宅したり出かけたりはもちろん、今料理しているとか、風呂に入ってるとかまでわかる。最近は時々理工学部の友人たちが遊びに来て、楽しげな話し声が聞こえることもあった。

入江は自分から離れて、新しい人間関係を築いているようだった。そのうち彼氏ができたら、また前のように一緒に料理したり、どうでもいいことで笑い合ったりできるだろうか。

「元気そうだな」

外階段を駆け上がって行く入江を肩越しに見て、福田が呟いた。

「そんで、おまえは元気ないよな」

「え？　そんなことないけど」

福田はそれ以上言わなかったが、その通りだった。

入江が日常から消えて、深水は自分で予想していた以上の喪失感に悩んでいた。

あまりに入江がいることがあたりまえになりすぎていて、その前のことがうまく思い出せない。

アパートの階段で入江にばったり会っても儀礼的な笑顔と挨拶だけで、通り過ぎる。正直、さみしかった。

少し前、別れた彼女に新しい彼氏ができたことを人伝《ひとづて》に知った。へえ、と思っただけで流したが、そういえば彼女と遠距離になったときは別になんともなかったな、と思い出した。同じクラスだったこともあってほとんど毎日会っていたのに、いつも右隣にいた彼女が消えても、深水はさしてさみしいとは感じなかった。

彼女と入江はなにが違うんだろう？

キスしたり抱き合ったりしていた彼女より、ただの隣人だったはずの入江の不在のほうが堪《こた》えるのは、なんでだろう。


十一月は一年でいちばん暗い月だという気がする。日照時間がどんどん短くなっていき、華やかな十二月を控えて、どこか空気が陰鬱《いんうつ》だ。家業のほうは長期預かりをしていた冬物衣類の配送で忙しくなる。

その日も頼まれた配達の仕事を終えて、深水は店の駐車場にライトバンを入れたところだった。まだ五時を少し回ったばかりなのに、曇天《どんてん》のせいもあってもうすっかりあたりは暗くなっている。朝から風邪気味で、今晩は早めに寝ようと考えていた。

「ん？」

預かった衣類を専用の袋に詰め直していて、深水はふと駐車場の反対側に車体の低い車が停まっているのに気がついた。ボンネットが妙に長く、ホイールは煤《すす》けたような色をしている。高級外車は見慣れているが、あんな品の悪い車が店の駐車場に停まっているのは珍しい。目を凝《こ》らすと、運転席と助手席に人がいた。

「…なにやってんだ」

助手席にいるのは姉だった。そして運転席の男とくっついて、いちゃいちゃ、としか表現できないことをしている。駐車場の一番奥で、あたりが暗くなっているとはいえ、自分の店の駐車場ですることか、と呆れてしまう。

衣類を仕分けて集荷袋にまとめ終えると、エンジン音がした。見るとさっきの車体の低い車が駐車場を出て行くところだった。姉がそれを見送っている。自分が使っていた部屋を見知らぬ男に占有《せんゆう》されているのを見てから、深水は一度も実家には上がっていなかった。今日も作業場に集荷袋を出したらそのままアパートに帰るつもりだ。

　風が出てきて、深水は着ていたジャンパーの前を首元まで閉めた。そろそろネックウォーマーがいる。ずっしり重い集荷袋を持ち上げて作業場のほうに向かおうとすると、駐車場の出入り口のところに佇《たたず》んでいた姉が近寄って来た。

「理一《りいち》、なんで無視すんだよ」

　視線も合わさないまま足を止めずに作業場に向かっていると、姉がうしろから追いかけてきた。かかとの細いショートブーツが耳障《みみざわ》りな音を立てる。

「あんたの荷物、邪魔なんだけど」

　いきなり言われて、足を止めた。姉は派手なライトコートのポケットに両手を突っ込んで、挑発するように上目遣いで深水を見た。昔から美人で通っているが、いかんせん口が悪くて化粧が濃い。

「アツシが、あんたの荷物じゃまくさいからどうにかしてって言ってんの。あの段ボールに入ってる本とか、アパートに持ってけよ。それか捨てといて」

「…すごいこと言うね」

　持っていた集荷袋が重くて、深水は足元に置いた。

「あの男と結婚でもすんの？」

「は？　そんな話してねーし」

「俺の荷物が邪魔とかなんとか、赤の他人に言われるのはおかしいんじゃないのって話なんだけど。結婚してうちで同居するっていうんなら考えるけど」

「あんたもう出てってんじゃん」

姉とはもう何ヵ月もまともに口をきいていなかった。ずっと昔、小学生のころまでは、姉とはけっこう仲がよかった。深水が近所の子どもに意地悪をされて泣いていると、姉は必ず駆けつけて、相手が年上だろうがなんだろうがおかまいなしで怒り狂って仕返ししてくれた。癇癪《かんしゃく》持ちの姉は、それでもあのころは深水にとっては姐御肌《あねごはだ》の頼りになるお姉ちゃんだった。いつからこんなふうになってしまったのか、よくわからない。

「――荷物のことはわかった」

深水は足元に置いていた集荷袋を姉の前に置き直した。

「なによ」

「持ってってって。俺、帰るから。荷物は近いうちに引き取りに行く。あと俺ちょっと忙しいからしばらく手伝いできないって母さんに言っといて」

「自分で言ったらいいじゃんよ」

返事をする気にもなれず、深水はそのまま歩き出した。まだ姉が何か言っているのが聞こえたが、無視してアパートに向かった。どんよりした空から小さな雨粒が落ちてくる。傘をさすほどでもない、でも嫌な感じの雨で、最近はずっとこんな天気だ。

アパートの部屋は冷え切っていて、なんでこんなに寒いんだろ、と思いながらエアコンをつけた。壁の向こうからは賑《にぎ》やかな話し声がする。男女の声がまじりあっていて、どうやら数人で鍋の支度でもしているようだ。最近入江はよくこんなふうに友達を呼んでいる。深水がアパートに呼ぶのは福田くらいだが、入江は交友関係が広そうだ。

時間が中途半端で食欲もなく、深水は着替えだけしてベッドにもぐりこんだ。エアコンが利《き》いてくるまでしのぐつもりだったのに、布団は冷たく湿っていて、かえって寒い。深水はぶるっと身震いをして小さく身体を丸めた。壁の向こうでは相変わらず楽しそうな笑い声がしている。何を言っているかまではわからないが、入江の声は聞き分けられた。やっぱりいい声だ。二人きりで話をしているといつも心底安らいだ。

なかなか温《ぬく》もらない布団の中で、深水は入江の声だけを拾った。また入江と二人でメシ食ったりできたらいいのにな、とぼんやり考える。入江に彼氏ができたら、そして自分のことをただの隣人として見てくれるようになったら、実現するかもしれない。ああ、でもそうなったら俺なんかより恋人と過ごすのを選ぶよなあ…と思いついて、がっかりした。つまりもう、前みたいに他愛《たわい》のない時間を二人で過ごすことはないのか。

ふー、と入江の真似をして前髪に息を吹きかけていると、座卓の上のスマホが着信した。手に取ってみると母親からだった。姉はちゃんと伝言してくれたらしい。今日は集荷回ってくれてありがとう、忙しいならしかたないけど、染み抜きの人手が足りないから、もし時間があれば手伝ってほしい、という内容だった。深水は深く考えないようにして、了解のスタンプだけを返した。

壁の向こうでどっと笑い声が弾《はじ》ける。楽しそうだ。

入江が楽しい時間を過ごしていることが嬉しい。

いつの間にかうとうとしていて、喉《のど》の渇《かわ》きで目が覚めた。エアコンが利いて、暑いくらいになっている。十二時を少し回っていて、壁の向こうはしんと静かになっていた。みんなでどこかに飲みにでも行ったのかもしれない。なぜかさみしい気持ちになった。

台所で水を飲んでいると、外階段を上がってくる足音がした。話し声はしない。駅まで友達を送ってひとりで帰って来たのか、となんとなく台所の前を入江が横切るのを待っていると、階段を上り切ったあと足音がしなくなった。あれ？　と不審に思っていると、ややしてためらいがちに玄関ドアがノックされた。

「――入江？」

びっくりしてドアを開けると、思ったとおり入江が立っていた。

「先生、これ。そこに落ちてた」

「あ、ありがとう」

手渡されたのは深水のTシャツだった。洗濯物は廊下側の物干しに干していて、取り込んだときに落としてしまっていたらしい。雨で濡れ、泥汚れもついている。

「今日、うるさくしてごめんな」

「いや、ぜんぜん。っていうか楽しそうで聞いててこっちも楽しかった」

久しぶりに入江と話ができて、気持ちが弾んだ。入江はちょっと目を見開いて、それからふっと微笑んだ。

「先生らしい」

「ん？」

「お人よしっていうか。うるさいでしょ、普通」

「そんなことないよ。入江楽しそうだなーって思って聞いてた」

入江がじっと深水を見つめた。じゃあ、と言おうとして、でも名残惜《なごりお》しくて言えなかった。

入江も佇んだままだ。

「…あのさ、急に食べたくなってこれ買ってきたんだけど、先生も食べない？」

入江が持っていたビニール袋をちょいと持ち上げた。

「なに？」

「たこ焼き」

「ああ、うん…」

「ちょっと待ってて」

返事に迷っていると、入江はビニール袋を押しつけるようにして、慌ただしく自分の部屋に入って行った。戸惑いながらそのまま待っていると、少ししてマグを持って戻ってきた。

「食おう」

「え、ここで？」

「だって部屋でふたりはまずいだろ？」

入江が冗談めかして言った。上着とってくれれば？　と言われて、わざわざコートまで着て廊下に置いてある洗濯機をテーブル代わりに二人でたこ焼きを食べることになった。

「へんなの」

「いーじゃん。はい」

密封式のマグには熱いほうじ茶が入っていた。

「さっき来てたの、なに友達？」

ほうじ茶を一口もらって、立ったまま一緒にたこ焼きをつつく。

「学部の友達と、その友達。みんな金ないから、持ち寄りで鍋した」

「入江って意外に友達多いよなあ」

「意外ってどういう意味だよ」

「いや、いいなーと思ってさ。俺、友達少ないから」

久しぶりなのに、まったくそんな気がしない。話ができるのが嬉しい。

「でも先生にはふくちゃんさんがいるじゃん。俺、ふくちゃんさんみたいな親友はいないから、羨《うらや》ましいよ」

「そうなん？」

「ふくちゃんさん、元気？」

「元気元気。今彼氏と旅行行ってる。来月からしばらく店が忙しくなるから、その前にって、鮨食《すし》いに、金沢」

「へー、いいなあ」

福田が送ってくれたツーショットの自撮りを見せてやると、旅行が羨《うらや》ましいのか、彼氏が羨ましいのか、入江は「いいなあ」を連発した。

「おまえ、彼氏は？　できた？」

「うわー、それ訊くんだ。できたら紹介するって言っただろ？」

「つまりまだできてないのか」

一瞬、失言してしまったか、と焦ったが、入江は屈託《くったく》なく笑っている。

「先生こそ彼女つくれよ」

「別にほしくないからなあ」

なんの気もなく口にした言葉に、なぜか入江は黙り込んで、あれ、こっちのほうが失言だったのか？　と困惑した。

「もてる男は余裕だね」

すぐに入江が気を取り直したように言った。

「別に、俺もてないよ」

「俺にはもててるし。ってもうこの話は決着ついてる、わかってる」

入江が半分やけになったようにリズムをつけて言い、その言いかたがおかしくて深水は笑った。つられたように入江も笑った。

「俺、先生の笑った顔、超好き」

入江が妙に吹っ切れたように深水を見つめた。

深水も入江の笑った顔が好きだった。だから入江が楽しそうにしていると深水も嬉しくなる。

そして、どうしてこんなにも離れがたいんだろう。

たこ焼きのパックはとっくに空《から》になっているし、ほうじ茶もすっかり冷めてしまった。雨は止《や》んだが、廊下はしんしんと冷え込んでいる。でもさよならを言いたくない。

「俺さ、引かれると思って内緒にしてたんだけど、本当は家庭教師してくれる前から、先生のこと知ってたんだよね」

入江が意外なことを言い出した。

「えっ、どこで?」

「コンビニ」

「コンビニ?」

ぜんぜん覚えがない。びっくりしていると、入江が楽しげに笑った。

「先生、高校の帰りに駅前のコンビニでよくなんか食ってたでしょ。俺も中学んとき、塾行く前に同じコンビニに寄ってたの」

「マジで？」

「マジです。俺、先生の高校受けろって言われてたから、最初はあーあの制服K高だなー、あの人の顔好みだなって見てて、そのうち毎週火曜と木曜は夕方寄るんだってわかったから、いつも気にして先生見てた」

確かに深水は高校時代、バイトに行く前、よくコンビニのイートインで軽く腹ごしらえをしていた。

「ぜんぜん気づかんかった…」

「そらそうでしょ。可愛い女子中学生とかならともかく、学ランの中坊なんか眼中にないよね」

入江がおかしそうに笑う。気候のいいときは駐車場の車止めに座って、猫に話し掛けていたとまで言われて、赤面した。

「そんなのまで見てたの？」

「きれいな顔して、地べたに座って、猫におまえは自由でいいよなあ、とか愚痴《ぐち》ってさ、面白い人だなって」

「猫と会話とか覚えてねーよ…」

しかもなんというつまらない愚痴を、と恥ずかしい。

「今思えば、あれはふくちゃんさんだったんだけど、ときどき友達も一緒で、それで深水って名前も知って、でも先生卒業してからはコンビニ来なくなったから諦めてたんだけど、おふくろがK高からストレートでS大入った深水さんって人に家庭教師頼んだって言い出して、もしかしてあのときの人かなってすげーテンション上がったよね。そしたら本当に先生が来てさ、俺、これきっと運命だって思っちゃったんだよ。まあ、違ってたんだけど」

入江が話すのを、深水はびっくりして聞いていた。

「そういや、初めて家庭教師行ったとき、ずいぶん人懐《なつ》こい子だなあって思ったな」

「先生としゃべれるだけでめちゃくちゃ嬉しくて、で、もうほんとすぐ本気で好きになった。笑ったらタレ目になるのたまんなくて、頭いいのにぽけっとしたとこあって、けっこうすぐ怒るとこも、けど頼まれたら嫌って言えないとこも、あーもうほんと、ぜんぶ好きでたまんないよ…」

冗談めかしているが、深水はなんともいえない気持ちになった。

「入江…」

「へへ、気持ち悪いこと言ってごめん」

「気持ち悪くなんかねーよ」

そこだけは言っておかねば、と深水は語気を強めた。入江は目を伏せて少し黙り込んだ。

「でも、『無理』でしょ」

「……」

「俺がどんなに頑張っても、ぜったいぜったい、無理でしょ…」

入江が目を伏せたまま、唇を歪《ゆが》ませるようにして笑った。

「入江」

思わず名前を呼んで、でもそのあとなんと声をかけていいのかわからなかった。

「先生？」

「ん」

顔を上げた入江が、ふと眉をひそめた。

「先生、すごい目が充血してる」

「えっ、そう？」

「なんか顔色も悪いっぽい。大丈夫？」

急にそんなことを言われて戸惑った。アパートの外廊下は電気が青白く、顔色が悪いと言われても入江も同じだ。

「先生、ちょっと触っていい？」

額に手を当てられて、初めて熱出てるのかも、と自覚した。入江の手の冷たさが気持ちよかった。

「先生、熱あるよ。ごめん、俺がこんなとこで引き留めたからだ」

入江が急に慌てだした。確かに朝から風邪っぽいなと思っていたし、帰ってきて布団に入ったときもやたらと寒かった。あれは悪寒《おかん》だったのかもしれない。もともと身体が丈夫なので、具合が悪くなる前兆というものがよくわからなかった。熱がある、と言われると、急にそんな気がしてくる。

「ごめんな」

「入江のせいじゃないって。そういや朝からちょっと風邪っぽいなと思ってたんだ。このくらい、寝たら治るよ」

焦っている入江を安心させるために笑って見せ、深水は空になった容器や密封マグを片づけ始めた。名残惜しくてたまらなかったが、これ以上冷え込んだ廊下で話していたら、入江にも風邪をひかせてしまう。それにしても一度「具合悪いかも」と思うとそんな気になるのはどうしてだろう。

「先生のとこ、体温計ある？」

入江が心配そうに訊いた。

「ある…と思うけど」

「どうせどこにあるのかわかんないんだろ？」

その通りだったので、体温計貸すから、と言われるまま入江の部屋に入った。

数ヵ月ぶりに入った入江の部屋は、以前と少し変わっていた。きれいに整頓《せいとん》されているのは同じだが、棚や観葉植物が増えている。最新式の赤外線ヒーターが窓際に置いてあり、入江がスイッチを入れると、すぐに空気が膨《ふく》らむように暖かくなった。でも、自分の部屋の何倍も居心地がいいのは、部屋のせいだけじゃない。

「測《はか》って」

体温計を渡され、ローテーブルの、以前定位置にしていた場所に座った。

「三十七・三度」

ぴぴ、と電子音がして、見ると覚悟していたほどでもない数字が表示されていた。入江も首を傾《かし》げている。

「平熱、低いほう？」

「いやー、普通だと思う」

「今、寒い？」

「ちょっとね」

実は熱を測り始めてから、急にはっきりと悪寒がしていた。

「これから熱出るんじゃないかな」

入江が気づいて心配そうに顔を覗き込んできた。

「さっきより目が充血してるし、やっぱ顔色悪いよ。なあ先生、ほんとに俺なんもしないから、今日はこっちで寝てくれない?」

「えっ?」

「先生の部屋、古いエアコンしかないから乾燥するし、寒いでしょ。先生、どうせまた部屋ぐちゃぐちゃにしてるんだろ? そんなとこで寝てたら治るもんも治らないって」

「え、ちょっと今どさくさに紛《まぎ》れて悪口言われた気がするんだけど…」

「俺のこと、気持ち悪い?」

入江が思い切ったように訊いた。

「そんなことない」

「怖い?」

「そんなことないって」

「じゃあ、ここにいてよ」

強引な言いかただったが、本当に心配してくれているのもわかる。深水は迷った。

迷惑をかけたくないし、風邪をうつしてしまうかもしれない。でも不安そうにこっちを見ている入江と目が合うと、断れなくなった。断ったら、きっと入江を傷つけてしまう。

「じゃあ…」

結局、体温計を借りるだけのつもりだったのに、入江に「着替えとってくるから鍵貸して」と手を差し出されて渡してしまった。

「今開けっ放しになってるから、鍵かけてきて」

「了解」

入江がほっとしたように鍵を握って出て行った。すぐ壁越しに入江がごそごそしているのがわかって、変な感じだ。

「先生、これでいい？」

一時は同居に近いことをしていただけあって、戻ってきた入江は的確なチョイスの部屋着を差し出した。

「うん、ありがと」

「着替えたら、寝て」

「でも、おまえはどうすんの？」

「下で寝るよ。病人に変なことしないから、安心して」

「いや、それはいいけど」

「白湯《さゆ》作っとくな」

深水が着替えようとすると、入江はさりげなく流しのほうに行って、湯を沸かし始めた。

そういえば、部屋の行き来をしていた夏場、深水は平気で入江の前で着替えをしたり、シャワーのあと下着一枚で過ごしたりしていた。今思えば、入江が夜のジョギングを習慣にし始めたのはあの頃だった。

無神経だったな…、と今さら反省したが、それなら今はどうなんだ、と自分の行動に自信がなくなる。

入江が手早く枕カバーを替え、布団の襟《えり》もとにバスタオルを巻いてくれた。細かい気遣いに、好意を無下にできない気持ちになって、甘えてしまうことにした。

「先生、さっきより目が赤い。しんどくない？」

「大丈夫…それよりうつしちゃったらごめんな」

「いいって。それより、これ実家帰ったときに持ってけって渡された栄養剤。熱は無理に下げないほうがいいっていうから、これだけ飲んで」

白湯とタブレット錠剤を渡され、そのあともう一度体温を測った。さっきより上がっていて、そのときにはもうはっきり体調が悪くなっていた。手足が重く、頭が痛い。

「ねえ、なにかほしいものない？　コンビニ行ってくるからなんでも言って」

「今はいい…サンキュ」

子どものころから身体が丈夫だったこともあって、深水はここまで親身に心配された経験がなかった。弱っているときに優しくされるというのは、こんな感じなのか…。

額に手を当てられると、なぜだかものすごく安心した。

入江はシャワーを浴びて、手際よくベッドの下に自分の寝床をつくった。

「先生、俺、導入剤飲むから。もし夜中しんどくなったり吐き気したりしたら、遠慮なく蹴《け》って起こしていいからな?」

「睡眠薬? なんで?」

「俺が寝ないと、先生安心して眠れないだろ?」

「いいよ、そんなもん飲まなくて」

びっくりして止めると、入江は笑って首を振った。

「親に処方してもらったやつだから、そこまで強いのじゃないよ。それよりもう寝よう」

「うん……」

毛布を首元まで引き上げてもらい、深水は大人しく目を閉じた。おやすみ、と入江が電気を消した。

ベッドの下で、入江はしばらくごそごそしていたが、導入剤が効いたらしく、すぐに静かな寝息が聞こえてきた。もしかしたら、入江自身が薬で眠ってしまいたかったのかもしれない。

なんで入江は、俺なんかをこんなに好きになってくれたんだろう。

さっき入江から聞いた、家庭教師に行くより前から自分を見て知っていたことをぼんやりと思い返し、深水は息をついた。そんなに前から…。

「……」

深水はそうっとベッドから身を乗り出して、下で眠っている入江を見た。暗がりでも目を凝《こ》らしていると、だんだん顔が見えてくる。入江は胸のところで腕組みするような格好で眠っていた。毛布をかけた腹部が、ゆっくりと上下している。

——もうほんと、すぐ好きになった。好きで好きで、たまんないよ…。

思い出すと胸苦しくなって、深水は拳を額に当てた。ごめん、と心の中で入江に謝ると、もっと胸が苦しくなった。

——でも、俺がどんなに頑張っても、無理でしょ。ぜったいに、ぜったいに無理でしょ……。

俺は、入江が好きなんだろうか。

初めて真剣に自問した。

入江のことは、間違いなく好きだ。そばにいてくれると安心するし、一緒にいるだけですごく楽しい。

でも、キスしたり抱き合ったり、そんなことをしたいとは思わない。そもそもそういう欲求が人よりも薄いという自覚があった。彼女がいたころも、そうするものだと思って手を繋いだりキスしたりしていただけで、突き動かされるような欲望を感じたことはなかった。

ゲイとかストレートとかいう前に、俺は恋愛に向いてないのかもしれない…。

——好きで好きでたまらない。

熱を孕《はら》んだ目で見つめられても、それに応えることはできそうもなかった。そしてそれが心底残念だった。

「…せんせい…」

入江の声がして、深水はどきりと目を開けた。寝言だったらしく、入江はベッドの下で寝返りを打ち、またすう、と静かに寝入ってしまった。

悪寒は少しましになったが、そのぶん熱が出てきたらしく、息が浅くなった。目を閉じると、さっきの入江の声が耳に蘇《よみがえ》る。

せんせい、という入江の声は、辛《つら》そうだった。

どうにかしてやりたいのに、どうしてやることもできない。それが深水も辛かった。

結局、深水の熱が下がったのは翌日の夕方だった。

「どう？」

「うん、平熱だ」

ベッドの脇に座った入江が、体温計を目の高さに持ち上げて確認し、納得したように言った。

「食欲は？」

「シャワーする前にうどん茹《ゆ》でてくれたじゃん」

ほぼ丸一日、つききりで世話をしてもらって、深水はすっかり快復していた。汗でべたべたしているのが気持ち悪くて、さっと汗を流すくらいなら大丈夫だろう、と熱めのシャワーを浴びて、よく髪を乾かし、そして体温を測った。

「あーあ、治っちゃったな」

冗談めかしているが、入江が残念がっているのは、たぶん本心だ。

「ごめんな、いろいろ迷惑かけて」

「迷惑なわけないじゃん。看病させてくれて嬉しかった。——あのさ」

体温計をケースに戻し、入江は急に改まってベッドに腰かけている深水のほうを見上げた。

「年内で、俺、このアパート出るよ」

驚いたが、どこかでこの結論を知っていたような気もした。

「…そっか」

どう返事をしていいのかわからず、深水は曖昧《あいまい》に語尾をにごした。

「ここに住んでたら、俺、いつか先生のこと襲っちゃいそうだからさ」

ふざけた調子で言ったが、深水は笑えなかった。

「実家に帰る?」

「いや。ひとまず帰るかもしれないけど、別のアパート探す」

「なにか手伝えることあったら、言ってな」

こんなことくらいしか言ってやれない。

「…先生」

入江の声が急に低くなった。どきりとした。

「なに？」

自分が身構えたことを、深水はすぐには気づかなかった。襲っちゃいそうだからさ、というさっきの台詞《セリフ》を脳がまだ捉《とら》えている。

無意識に警戒してしまっている自分を意識したとき、同じものを感じ取ったらしく、入江の目がふと暗くなった。

「好きって言われるのだって、先生には負担だもんな」

自嘲《じちょう》するような入江に、深水は首を振ることしかできなかった。ごめんと謝ることすら、きっと入江を傷つけてしまう。

遅い秋の夕暮れ、昨日から降ったり止んだりしていた雨はあがり、鈍《にぶ》い陽光が部屋に差し込んでいた。今も長い西日がベッドの上をオレンジに彩《いろど》っている。

しばらく沈黙が落ち、入江がのろのろと腰を上げた。

「入江？」

ベッドに腰かけている深水に背を向けたまま、入江は無言で突っ立っていた。

突然、深水は目の前の男の背の高さ、充実した身体つきをリアルに感じた。入江は自分より大きくて、力の強い牡《おす》だ。先生、と懐《なつ》いてくる前に、自分を欲望の対象として見ている男だ。その事実に、竦《すく》んだ。

「先生」

入江が肩越しに振り返った。

「——一回だけ、抱きしめさせてくれない？」

入江が囁くように言った。

「抱きしめるだけ…、一回だけ」

まるで自分の考えたことを読んだようなお願いに、深水は息を呑んだ。

振り返った入江は、ほとんど泣きそうになっていた。

「いいよ」

そう言うのには、正直勇気が必要だった。嫌悪、とまではいかないが、同性にそういう意味で抱きしめられることに、深水はどうしても違和感を覚えてしまう。でも、拒否したくない。

入江のことは好きなのだ。

入江はじっと深水を見つめていた。目のふちが赤い。

「いいよ」

動こうとしない入江にもう一度言って、深水は思い切って両手を広げた。

よろめくように近づいて、入江は深水の前に膝をついた。自分の心臓の音が入江に聞こえてしまうんじゃないかというほど、鼓動が激しい。それを気取《けど》られないように、深水は平静を装った。

入江は顔を伏せたまま、そろそろと深水の腰に両手を回した。きっと入江も心臓が爆発しそうになっている。

「――ぎゅってしていい？」

深水はうなずいた。入江が腰を上げ、正面から抱きしめてきた。両腕に力がこもり、深水は息を止めた。体重をかけられたら、このまま押し倒される。

抱きしめ返したほうがいいのか、それともなにもしないほうがいいのかと激しく迷い、頭の中がぐらぐらして――、深水は突然噴き出した。

「な、なんで笑うんだよ」

「ご、ごめん」

自分でもそりゃないだろ、と思いつつ笑いが止まらない。緊張と混乱が頂点に達したときにときどき起こる現象だ。

「なんか急におかしくなって、…ごめん、ほんとごめん」

入江は唖然《あぜん》としていたが、つられたように笑い出した。

「あーあ」

ひとしきり二人で笑って、入江が気が抜けたようにはあっと息をついた。

「先生の、そういうとこな…」

「ごめん」

「ごめんじゃねーよ」

緊張がほぐれると、入江はぎゅっと抱きしめてきて、そのままベッドの上に押し倒された。

「先生、めちゃくちゃ好き」

入江の声にはもう重苦しいものはなかった。

「うん」

「でももう辛いから逃げる」

「うん」

キスしてくるんじゃないかと思って緊張したが、入江はすぐに身体を引いた。拒否されることを怖がっているように感じた。入江の生々しい欲望に一瞬触れて、深水は自分がどれだけの我慢を強《し》いていたのか、思い知らされた。

「なあ、入江」

起き上がろうとしている入江の腕を引っ張って、深水は熱のある頭でつらつらと考えていたことを打ち明けた。

「俺さ、入江のことは本当に好きで、変な話、自分がゲイじゃないのが残念なくらいなんだよ。俺なんかのこと好きになってくれて、ほんと、ありがとうな。入江になにか返せたらいいんだけど、俺、なんにもおまえに返せるものがなくて…」

受け入れてやることができたらどんなにいいか、と自分でも思う。でも無理をしても結局は入江を傷つける結果にしかならないことは、今抱きしめられてよくわかった。

深水の身体は本能的に警戒するし、無意識レベルで拒否をする。

つかんだ入江の腕が強張《こわば》っていた。

「先生は、残酷だ」

向こうを向いたままの入江の背中に西日が差している。

「なあ…導入剤って、まだある?」

「あるけど、なんで?」

「ちょうだい」

ふっと口をついて出てきた言葉に、入江が訝《いぶか》しげに振り返った。

「なに、急に」

「——眠っちゃいたいなと思って、今」

「今? なんで?」

「おまえのこと傷つけたくないから」

入江が意味がわからない、というように瞬《まばた》きをした。深水も言いながら、自分で何言ってるんだろう、と首を傾《かし》げていた。

「今寝たら、俺に襲われるぞ」

入江がくすっと笑って言った。それからぎょっとした顔で深水を見た。ぼんやりと考えていたことが輪郭《りんかく》を表した。

「……俺はゲイじゃないから入江の気持ちに応えることはできない。でも、でもおまえのことが好きなのは本当なんだ。だから、…餞別《せんべつ》に、っていったら変だけど、最後に…ってのも変だけど、その…」

寝ている間なら。

「──先生」

入江が押し殺した声で遮《さえぎ》った。声に強い怒りが潜《ひそ》んでいる。

「自分がなに言ってるのか、わかってんの？」

厳しい声で問い質《ただ》されて、深水は入江の顔を見返した。わかっている。

「寝てる先生をお情けで抱かせてもらって、俺が嬉しいと思う？　セックスしたいだけだったら、させてくれるやつなんか掃いて捨てるほどいるよ。俺はただセックスしたいんじゃない」

「じゃあなんで今、一回だけ抱きしめさせてくれって言ったんだよ」

精一杯の気持ちを汲《く》んでほしくて、責めるような言いかたになってしまった。入江が頬をこわばらせた。

「違う、ごめん──入江の気持ちは…わかってる、つもり。お情けとか思ってもないよ。俺がゲイならきっととっくにつき合ってた。でも、今抱きしめられても、俺、うまく受け止められなかった」

「──寝てるとこ、キスしたんだよな、俺」

自嘲するように言って、入江は頭を抱えるようにした。

「そうだよな、なに今さら綺麗ごと言ってんだろ」

顔を上げて、入江は深水のほうを向いた。

「俺、何するかわかんねえぞ」

入江が試すように言った。

「いいよ」

「怖くない？」

わずかに声に揶揄《やゆ》が混じる。

「入江だし」

「どういう意味だよ…」

入江が嘆息《たんそく》して笑った。深水も笑った。入江がしたいことなら受け入れてやりたいと思っているのは本当だ。

深水はベッドから立ち上がって台所に行った。きれいに片づいているから、引き出しに入っていた錠剤のシートもすぐ見つかった。

「これ、何錠飲めばいいの？」

入江は黙りこくってこっちを見ている。

ゆうべ、入江は二錠飲んでいた。水で錠剤を流し込み、深水はベッドに戻った。

「ずっと寝ていたから効かないかも。そしたらごめん」

呆然としている入江に言って、深水は布団の中にもぐりこんだ。

「…先生ってときどき、わけわかんない」

「そうかな」

「お人よしだし」

おまえのほうがよっぽどだ、と深水はごろっと横臥《おうが》の姿勢になって目を閉じた。入江はベッドに腰かけている。本当に眠れるものなのか、どの程度熟睡してしまうものなのかもわからない。布団の中は気持ちよくて、深水はふあ、とあくびをした。

「あー眠れるかな、これ…」

深水が言うと、入江は呆れたように笑って腰を上げた。

「寝たら襲うぞ、本当に」

「お手柔らかに、どうぞ」

冗談とも本気ともとれるようなやりとりをしているうちに、いつの間にか窓の向こうが暗くなっていた。入江がカーテンを閉め、赤外線ヒーターをつけた。入江の気配がすると安心する。

食器を片づける音がして、こんなふうにずっと二人で穏やかに過ごせたらいいのにな、とぼんやり考えた。

次に目が覚めたとき、部屋に入江はいなかった。しんと静まり返った部屋で、常夜灯《じょうやとう》だけがついている。深水はルームウェアを着て、ベッドに横たわっていた。

壁の蛍光時計が三時を指していて、いったい今がいつなのかぜんぜんわからなくて混乱した。窓の外は真っ暗だ。深水はローテーブルのスマホを取って、日付を確認した。夕方導入剤を飲んで、――今は深夜の三時だ。

スマホの横には鍵も置いてあった。深水の部屋のものだ。徐々にいろんな記憶が戻ってきて、深水はがばっと起き上がった。

唇が、なんとなく腫《は》れぼったい。おそるおそる、身体のどこかに違和感がないかチェックした。特に痛いところや違和感のあるところはない。

ベッドから出て、部屋の明かりをつけると、玄関の横に置いてある姿見の前でルームウェアをめくってみた。――鎖骨《さこつ》の下と脇腹に、小さな赤い痕がある。どきっとした。

他にないかとあちこち鏡に映したが、それだけだった。朦朧《もうろう》とした意識の中で、誰かに触られた記憶が切れ切れに残っている。が、思い出そうとするとそのまま霧散《むさん》してしまいそうな頼りなさで、もしかしたらただの夢かもしれない。わからない。

スマホにいくつかメッセージが来ていた。友達やバイト先の知り合い、でも入江からはなにもない。書きおきの類《たぐい》もなく、深水はとりあえず自分の部屋に帰った。

入江が掃除をしてくれたらしく、部屋はきれいに片づいていた。

深水はスマホを出して、文面に悩みながら入江にメッセージを送った。

〈いろいろありがとう。自分の部屋に戻りました。入江の部屋の鍵は新聞受けに入れたから、あとで確認して〉

既読《きどく》にはなったが、入江から返信は来なかった。

そのあとも隣の部屋から物音がすることはなく、深水が出かけている間に出入りしているのか、それとももう実家に戻っているのかと気にしていたが、ある日入江の部屋の窓からカーテンがなくなっているのに気がついた。電気のメーターにも入居者不在のタグがついている。

そうやって年末を待たずに入江はいなくなった。

7

頼まれていた染み抜きを終えて深水《ふかみ》が作業場から店のほうに行くと、母親がレジを締めているところだった。明日から年末年始の休業で、もう店のシャッターは下りている。

「終わったよ」

「お疲れさま。遅くまでごめんね」

毎年クリスマスから年の瀬は店の繁忙期《はんぼうき》だ。特に代々受け継がれているような振袖《ふりそで》が突然

いた。

「お願いします」と持ち込まれるのがこの時期で、今年も深水は職人さんたちの補助に入っていた。

「母さん、あいつ、今いる？」

名前もよく覚えていない姉の男のことをどう呼んだらいいのかわからず、あいつ呼びをしたら、母親は「あいつって？」と顔を上げた。

「姉貴のオトモダチ」

皮肉を滲《にじ》ませて言うと、え？　と首を傾《かし》げてから、母親は微妙な表情を浮かべた。

「どうして？」

「あの男が俺の荷物邪魔だからどうにかしろって姉ちゃんに言ったんだって。だからいないうちに片づけとこうかなと思って」

言われたときは納得がいかなかったが、今はちょうどいい機会だ、と思い直していた。

母親は眉を寄せた。

「もうだいぶ前から顔見てないし、いないんじゃない？」

まるで他人事《ひとごと》のような言いかただ。

最近、肝心《かんじん》のことになるとやり過ごす自分の癖は、親譲《ゆず》りなのかもしれない、と思うようになっていた。

深水は人とぶつかるのが苦手だ。それを優しさだと解釈してくれる人は多く、昔はその評価を素直に受け取っていた。でも今は違うな、と感じてしまう。

不在になったアパートの隣のドアを見るたびに、深水は大事なことを置き去りにしているような、落ち着かない気分になった。自分はいつも、人とまともにぶつかるのを回避する。いつの間にか身についた癖は、自分で気づくのすら大変だ。

鎖骨《さこつ》と脇腹についていた痣《あざ》のような痕は日に日に薄れていた。それを目にするたびについ考えてしまう。

あの夜、入江《いりえ》は俺に何をしたんだろう。

唇が腫《は》れぼったくなっていたから、キスは何度もされたはずだ。鎖骨と脇腹をきつく吸われたのも確実で、でもそれ以外はわからない。

何をしたんだろう。何をされたんだろう。

わからないぶん、一度だけ抱きしめられた腕の強さや身体の重みが、想像を肉づけしてくる。

ざわざわとしたものが常に胸にあって、気持ちが晴れなかった。

せめて生活環境を整えようと、深水は年末の大掃除シーズンを利用してアパートの部屋を掃除することにした。ついでに実家に置きっぱなしにしていたものも片づけてしまう計画だ。

「いるものだけ持っていくから、あとはぜんぶ捨ててくれる？　どうせ就職したら隣からも引っ越しするし、ちょうどいいから片づけとくよ」

なにかを感じたらしく、母親がレジから顔を上げた。

「正月も用事あるから、こっちには顔出さないつもりだけど、仕事初めには手伝いにくるから」

就職するまで義務は果たすが、それ以上は期待しないでほしい、と、やはりはっきり口にすることはできなかった。母親も、そう、としか言わなかった。衝突《しょうとつ》するのはエネルギーがいる。いつも自分はこんな感じだ。別れた彼女とも向こうが言い出すまで傍観していただけだし、入江も眠っている間にいなくなった。

以前の自室のドアを開けると、スナック菓子の空き袋やビールの空き缶が転がっていたが、確かにしばらく誰も部屋に入っていないらしく、部屋の空気は淀《よど》んでいた。クロゼットや置きっぱなしにしていた荷物を改めて点検してみると、予想どおりほとんどが不要品だ。貴重な映画のパンフレットや気に入っている洋書などだけをまとめてしまうと、紙袋一つに収まった。これだけ持ち出したら、あとはもうどうでもいい。

もやもやした気分をふり払いたくて、足早に家を出て、深水はふと立ち止まった。店の駐車場のほうから、男女の言い争うような声が聞こえる。ふざけんじゃねえよ、というこの甲高《かんだか》い声は姉のものだ。あたりはもう真っ暗で、冷え込んだ空気に怒鳴り声がびりびり震えている。もしやと思っていたとおり、いつか見た車体の低い車が駐車場の端に停まっている。そして車の前でシルエットが二つ、揉《も》み合っていた。

「しつけーんだよ」

「誰がだよ」

「離せ、このくそ女」

フェンスが街灯の光をさえぎっているが、慌てて近寄ると、一度だけ見たあの金髪の男が姉の腕をつかんでひねりあげているのが見えた。

「姉ちゃん！」

深水は持っていた紙袋を捨ててダッシュした。男が驚いたようにこっちを向いた隙をついて、姉はてめー、と猛然《もうぜん》と男に摑みかかった。男を姉から引きはがそうと、深水は肩をつかんだ。

「なんだ、てめ」

カッとなると後先考えずにつっかかっていく姉と違い、深水は誰かとまともに喧嘩をしたことがない。振り向きざまに恫喝《どうかつ》されて、ひっと情けない声が出た。

「うぁっ」

反射的に目をつぶると、こんどは男が声を上げた。えっ、と驚いて見ると、姉が男の背中を思い切り蹴《け》り上げていた。

「姉ちゃん⁉」

「理一《りいち》、そいつそのままつかまえとけ！」

「だめだって！」

深水を振り切ろうとしている男を、姉は続けざまに蹴りまくった。信じられない、と唖然としていると、男は深水を振り切って、「殺されてーのか」と姉を突きとばした。

「理一！　放すな！」

「どけ！」

「姉ちゃん、危ないって！」

男が車のドアを開けて乗り込んだ。姉がドアを閉めさせまいとして飛びつく。深水は慌てて姉の肩をつかんで引っ張った。

「浮気野郎！　待てやコラ」

羽交《はが》い絞《じ》めにしても、姉は車をがんがん蹴った。男もなにかわめき返していたが、車は胴震いするような音を立てて急発進して行った。

「逃げんな！　このクソが！」

車が駐車場から出て行き、深水は心底ほっとした。

「くっそ…あのやろ…」

「なにやってんだよ」

姉はまだ悪態《あくたい》をつき、脱げそうになっていたショートブーツを脱いで、消えた車の方向に投げた。我が姉ながら強烈だな、と呆れながらショートブーツを拾いに行った。

「大丈夫…？」

拾ったブーツを手渡すと、姉はむっとした顔で受け取ったが、すぐ何かを思い出したようにぷっと噴き出した。

「なんだよ」

「理一、アッシに凄《すご》まれてマジでびびってんの」

「は？　助けてやったんだろ⁉」

「助けたうちに入るかよ、あんなもん」

姉は深水の腕に遠慮なくつかまってブーツを履《は》き直した。

「あいつあの顔でヘタレなんだよ。喧嘩なんか気合だ」

「そんなこと言ったって、男相手にあんなことして、本気出されてなんかあったらどうするんだよ」

「んなこと言っても浮気しやがったからブチ切れたんだよ。まーいいや、最後に蹴倒してやったからもう気が済んだ」

「姉ちゃん、いくつだよ。ちょっとは落ち着けよ」

「まだ二十二だっつの」

こんなふうにしゃべるのは何年ぶりだろう。

子どものころから、姉と深水は「姉弟《きょうだい》なのに正反対」と言われていた。がんがん自己主張して、人の迷惑など顧《かえり》みない姉のことを疎《うと》ましく思いながら、深水はどこかで少し羨《うらや》んでもいた。

「理一、これ」

話しながら家のほうに向かっていて、姉は深水が途中で放り投げた紙袋に気づいて足を止めた。

「もしかして、あんたの？」

「姉ちゃんが俺の荷物片づけろって言ったから、持って帰ろうとしてたやつ」

紙袋の中から、パンフレットが何冊が飛び出していた。

「で、姉ちゃんが揉《も》めてたから慌てて放り出したんだよ」

散らばったパンフレットを拾い集め始めると、さすがに悪かったと思ったらしく、姉もしゃがんで手伝いだした。

「姉ちゃん、俺、就職したらもう家には帰らないつもりだからさ」

ちょっと話しておくか、くらいの気持ちで言った深水に、姉は「は⁉」と顔をあげた。

「なんでよ？」

詰問《きつもん》するような口調に、そんな反応をするとは思っていなかったので、戸惑った。

「なんでって、地方に配属されるかもしれないし、海外だってありうるし」

「このへんの会社に就職すりゃいーじゃん」

「しないよ」

「なんで」

「なんでって、逆になんで家の近くで就職しなくちゃなんないんだよ」

「そらそーだけど、…さびしいじゃん」

姉がそんなことを言うとは夢にも思っていなかったので、深水は今度こそ驚いた。

「置いてる荷物ぜんぶ持ってけとか言ってたくせに」

「あれは…あんときちょっとイラついてたから八つ当たりしちゃったっていうか」

珍しく口ごもり、姉は拾ったパンフレットの土を払った。

「理一はずっとお利口《りこう》さんで、みんなにちやほやされて、あたしのこと馬鹿にしてるからムカつくけど、いなくなったらさみしいじゃんか」

ちやほやされた記憶などないし、むしろ姉ばかり優遇されてこっちは貧乏くじだ、とずっと思っていたが、姉の主観ではまた違うらしい。

「そんなこと言って、どうせ店の手伝いするやつ確保して、自分は楽しようって魂胆《こんたん》だろ」

「まあ正直それもある。でもまーそろそろまじめに仕事覚えなきゃなーとは思ってんだよ、これでも」

率直すぎるほど率直な姉に、深水は負けた気分で笑ってしまった。

散らばったパンフレットを紙袋に入れ直していると、ポケットでスマホがぶるっと震えた。

入江からじゃないか、と期待するのはとっくに止めていた。

思ったとおり、着信したのは福田《ふくだ》からのメッセージだった。今から店に飲みにこないか、という気楽な誘いだ。

福田には入江が引っ越したことは話している。が、さすがに導入剤のくだりは割愛《かつあい》していた。

だから、今のこの複雑な胸の内も相談できないでいる。

姉と別れ、深水は荷物だけアパートに置くと、その足で福田の店に向かった。「珈琲屋《コーヒー》」はふだんはカフェがメインの店だが、年末は夜のバーのほうが盛況《せいきょう》になる。

「おー、きたきた」

「深水、こっちこっち」

オーナーカップルも一緒になって飲んでいて、深水が店に入ったときにはすっかり身内の飲み会のノリになっていた。

「ちょっと待っててな、今ピザ焼いてるから。スチームオーブン、新しいの入れたらすげーんだよ」

カウンターの一番端に座り、ひとまず顔見知りの常連たちと乾杯、とグラスを交わした。

それにしても、今日のカップル客はなかなか大胆だ。テーブルごしにキスを交わしているスーツの男二人をまともに見てしまい、深水は慌ててグラスに口をつけた。でもキスくらい、今までもよく目にしていた。そもそも親友の福田がゲイなのに、いちいち驚くほうがどうかしている。

それなのに今さら動揺してしまう理由はわかっていた。

――入江は、俺に何をしたんだろう。

鎖骨と脇腹についていた赤い痕。

うっすらと残っている触られた記憶は、夢なのか、本当のことなのかとつい考えてしまう。キスはたぶんものすごくされた。きっと服も脱がされた。でも嫌悪感はない。入江ならいいと思っている。

意識がなければ反射的に拒否してしまうこともないし、入江を傷つけることもない。だから眠っている間にならら、何をしてもいいよと許可を出した。

ただ、そのあとこんなふうに悶々《もんもん》とするなんて考えてもいなかった。

入江は俺に何をしたんだろう。

俺は入江に何をされたんだろう。

「深水君、久しぶり」

ぼんやりしていたので、突然話しかけられてびっくりした。

「隣、いいかな」

男は常連の岩野《いわの》だった。話して楽しい相手ではないし、以前入江のことで絡《から》まれたこともあったので本当は嫌だったが、断るのも角《かど》がたつ。

「どうぞ」

いざとなったら終電を理由にして切り上げればいいや、と深水は曖昧にうなずいた。

「どう、あれからお隣の彼氏は。入江君、だっけ」

当たり障りのない話を少しして、また岩野が入江の名前を出してきた。

「べつに、普通ですよ」

入江のことは話題にしたくない。

「一回くらい顔見てみたかったな。そのうち連れてくるとかなんとか、福田君も言ってたから期待してたのにさ」

「岩野さんは、新しい人できたんですか」

彼氏に振られて荒れてる、と福田から聞いたのを思い出し、深水は話を変えるつもりで訊いた。

「珍しいね、深水君がそんなこと訊くの」

岩野が意味ありげなまなざしを送って来た。

「そうですか？」

慌てて作り笑いを浮かべ、深水は特別な意図はない、という意思表示をした。深水がストレートだということは常連たちはみな知っている。岩野もわかっているはずだ。

「もしかして、――なんかあった？」

「えっ？」

岩野が観察するように深水を見つめてきた。

「前と雰囲気変わったじゃない。色っぽくなった」

粘《ねば》つくような声に、ぞっとした。

「なんですか、色っぽくなった、って」

冗談にしてしまいたかったが、岩野は値踏みをするように深水の全身を眺めた。

「いや、本当にちょっと見ない間に変わったよ。なんかこう、男を知ってる、みたいなさ」

かっと頭の中が熱くなった。無意識に鎖骨に手をやり、岩野から目を逸《そ》らした。その反応に、岩野はさらに興《きょう》が乗った様子で身体を近づけてきた。

「もしかして、経験しちゃった？」

耳元でささやかれ、こんどこそ嫌悪感で全身が総毛《そうけ》だった。息が酒臭く、そうは見えなかったが岩野は相当酔っている。

「いい加減にしてください」

「あれ、図星？」

「帰ります」

「なんだよ、急に」

思ってもみなかった指摘に、頭の中がガンガンする。

色っぽくなった？　男を知ってる？

なによりそれがまったくの見当違いではないことに恐怖を感じて、深水はカウンターから立ち上がった。

「ふくちゃん、帰るね」

「ん？　今ピザ焼けるよ？」

「ごめん、急用できたから、また」

逃げるように喧噪《けんそう》の店を抜け出し、駅に向かおうとしていて、後ろから誰かに腕をつかまれた。

「待てよ、そんな急いで帰んなくてもいーじゃん」

振り返ると、岩野が薄ら笑いで立っていた。

岩野は福田の店の常連客だし、外で騒ぎにもしたくない。以前ならなんとかなだめておさめようとしていたはずだ。

「前からいいなと思ってたんだよ、深水ちゃん」

腕をつかんでいた手が深水の手を握ってきた。その上馴れ馴れしく名前を呼ばれて、深水は思い切り手を振り払った。

「離せ！」

「へー、今日は強気だね。そういうのも好きだよ、俺」

岩野は完全に目が据《す》わっている。いきなり店の脇に引きずり込まれそうになって、深水は思い切り岩野の足を蹴った。

その瞬間、自分の中でなにかが弾《はじ》けた。

「触るなって言ってんだろが！」

大声を出すと、いきなり岩野が平手打ちしてきた。ばしっと派手な音がして、視界がぶれた。痛みが遅れてやってきて、深水は怒りで我を忘れた。

「なにしやがる！」

誰かと取っ組み合いなどしたこともないのに、感情のままつかみかかった。大人しいとばかり思っていた深水の反撃に岩野がひるんでいる。酔って足元の定まっていなかった岩野は派手に尻もちをついた。店の立て看板が倒れ、通行人が大きく迂回《うかい》していく。

「深水？」

物音をききつけたらしく、店のドアから福田が顔を出し、えっ、と目を見開いた。

「何してんだ？　岩野さん？　えっ、えっ、なに？　どしたの？　深水？」

岩野がよろよろ立ち上がろうとして、福田が慌てて手を貸した。深水は唇の端を手で拭《ぬぐ》った。血が出ている。

「深水、大丈夫か？」

「帰る」

言い捨てて、深水は踵《きびす》を返した。

駅までの道を早足で歩く。まだ怒りは冷めない。

――もしかして、経験しちゃった？

岩野の下卑《げび》た声が頭の中をぐるぐるしている。冷たい風が吹き抜けていくのに、怒りと恥ずかしさでぜんぜん寒さを感じない。深水は両手をポケットに突っ込んで、ぎゅっと拳《こぶし》を握った。

入江は俺に何をしたんだろう。俺は入江に何をされたんだろう。

——色っぽくなって。

嫌だ、と思うそばから得体《えたい》のしれない感覚が背中を伝う。

電車に乗りこみ、扉にもたれた。鏡になった暗い窓に、自分の顔が映っている。

——男を知ってる、みたいな。

奥歯を噛みしめて、深水は窓の自分を睨みつけた。


夜になると、想像していた。


布団に入って目を閉じると、自動的に疑問が浮かんでくる。

入江は俺にどんなふうに触ったんだろう。どこにキスをして、どこを見て、どこを……どんなふうに触ったんだろう。

夢なのか本当のことなのか曖昧な感覚を思い出そうとして自分で身体を撫でた。首筋、鎖骨、脇腹…赤い痕の残っていたところを吸われる感覚を想像して、昂《たかぶ》った。

こんなことするのはおかしい、と思うそばから興奮してしまう。

自分でもわけがわからなくて、混乱していた。

先生、という掠《かす》れた入江の声を思い出す。

改札を抜け、また両手をポケットに突っ込んで早足で歩く。

深夜というにはまだ早い時間だったが、住宅街はしんと静かだった。冷え切った夜空に小さな月が出ている。

財布のチェーンにつけているアパートの鍵を出そうと歩調を緩めながらパンツのバックポケットに手をやり、深水はふとアパートの敷地に人がいるのに気づいた。駐輪所の横のブロック塀《べい》にもたれている。

街灯の明かりが届かないところに立っているので顔は見えないが、そのシルエットに見覚えがあった。

まさか、と心臓が縮みあがる。目を凝《こ》らして、深水は息を止めた。

「——入江？」

シルエットがびくっと動いた。

「入江！」

早足で近づくと、やはりシルエットは入江だった。

「なにしてんだ、こんなとこで」

驚きのあまり声が大きくなった。入江は竦《すく》んだように動かない。

「——先生、こそ」

久しぶりに聞く入江の声に、深水は鼓動が速くなるのを感じた。

「電気ついてるから、先生部屋にいると思って、ずっと俺…」

え？　と見上げると、確かに深水の部屋の窓から明かりが洩れていた。

「あ、さっき一回荷物置きに行ったとき、電気消し忘れたのか」

実家から引き取って来たパンフレットや書籍をとりあえず上がり框《かまち》のところに置いたが、そのとき電気をどうしたか覚えていない。

「なんだよ、じゃあ俺、誰もいない部屋見てたのか」

入江が気が抜けたように笑った。

「馬鹿みてー」

「部屋を見てた？　って、なんでそんなこと、寒いのに…」

入江は深水から視線を逸《そ》らせてうつむいた。

「ごめん」

「いや、ごめんじゃなくて」

「――先生の近くにいたかったから。それだけ」

ポケットに両手を突っ込み、入江はうつむいたまま、ぼそりと言った。息が白い。

「気持ち悪くてごめん」

「気持ち悪くなんかないって何回も言ってるだろ」

「…ごめん、帰る」

「待てって」

踵を返そうとした入江の腕をとっさにつかんだ。

「来いよ」

「え？」

「せっかく来たんだから、寄ってけよ」

入江を引っ張るようにして外階段を上がり、部屋の鍵を開けた。

「入って」

ためらっていたが、深水が促《うなが》すと、ようやくスニーカーを脱いだ。

「寒いのに、いつからあそこに立ってたんだよ」

「バイト終わって、すぐ。…先生今どうしてるかなって考えちゃったら我慢できなくなって、

…先生、口どうしたの？」

明るいところで見て、入江が驚いたように目を見開いた。血は止まっているが、唇の端を少し切っている。

「知り合いに殴られた」

「は？　なんで？」

入江が顔色を変え、語気を荒げた。

「知り合いって誰？」

「おまえの知らないやつ。いいんだ、倍返しで蹴ったから」

「先生が？」

入江がこんどこそ驚いたように声を跳ね上げた。

「なんでそんなこと…」

「男と寝たのかって訊かれたから」

入江が硬直した。

「見たらわかる、男と寝たんだろって、言われた」

「……」

入江は強張った表情のまま、無言で深水を見つめている。

「入江、あのとき──俺が寝てる間、おまえ、俺に何をした？」

台所の蛍光灯が白っぽい光を落として、入江の顔は青白く見えた。

「ごめん」

「謝らなくていいよ。俺が何してもいいって言ったんだ。そうじゃなくて──」

記憶のないところで身体だけ差し出したらそれで終わりのはずだった。

好意の色が違うから仕方ないね、で忘れてしまうはずだった。

それなのにじわじわと見えないところからなにかが浸食《しんしょく》してくる。いつまでたっても入江の不在は埋《う》まらないし、残されたものを必死でかき集めてしまう。

「何されたのかわかんないから、想像して、そしたら変な気分になって…もうこんな中途半端なのは嫌なんだ」

入江は黙り込んだまま目を伏せていた。

「——本当に、知りたい？」

入江が何かを決心したように顔を上げた。

強い感情をこらえて、頬が紅潮《こうちょう》している。

「じゃあ先生抱かせてよ」

言いざま、入江は深水の腕をつかんで引き寄せた。

「い、——」

あまりに突然で、驚く間もなく強引にキスをされた。唇をこじあけるように舌が入ってくる。

「入江、入江…、ちょ、っと待って」

焦《あせ》って入江を押し返したが、逃げられなかった。

「何をしたのか教えろって先生が言ったんだろ。こうやってキスしたよ。何回も何回も」

激しい目で見据えられ、強引にベッドに連れて行かれた。

「入江」

呆然としているうちに、ほとんど突き飛ばされるようにして押し倒された。

「俺を傷つけるようなこと言ったりしたりするかもしれないから眠ってるって、先生あのとき、言ったよな」

入江の声はかすかに震えていた。

「もうとっくに先生は俺のこと傷つけてたよ。何回も何回も傷つけてたよ。先生みたいに残酷で傲慢《ごうまん》でひどい人いないよ。だからもう俺も遠慮しない。先生にひどいことする。先生が嫌がっても、気持ち悪い変態って罵《ののし》っても、俺もうやめねえから」

入江は深水の上にまたがり、起き上がって服を脱ぎだした。深水は現実感がないままそれを見ていた。日々のバイトで培《つちか》った筋肉質の身体が生々しい。

「自分でする」

上半身をさらして、入江が手を伸ばしてきた。

「自分で、脱ぐから」

どこかでこうなることを予想していた。——望んでいたのかもしれない。何をされたのかと不確かな記憶を手探りするのに疲れてしまった。

「じゃあ、ぜんぶ脱いで」

入江が強い口調で言った。

脱がされるよりは、と思ったが、脱いでいるところを見られるのも抵抗があった。今までなんとも思わず入江の前で着替えていたし、夏場は下着一枚で暑い暑いとうろうろしていた。デリカシーのなかった自分に、こんなところで仕返しされているようだ。

「もう先生の裸は見たよ」

性的な視線を受け止められず、逡巡《しゅんじゅん》していると、入江がふっと笑った。

「起こさないように、こうやって服脱がせて…」

セーターの裾《すそ》をまくりあげられ、ボトムの前だけを開かれた。

「——頭おかしくなるくらい興奮したよ。だってずっと好きで、妄想っつったらそれしかないくらいの人脱がせて、触って…」

外気に触れているから寒いはずなのに、感じない。でも自分が震えているのに気づいて、今度はどうしようもない羞恥《しゅうち》に襲われた。

「寝てても、触ったらちゃんと勃起ってするんだな」

入江が萎《な》えたものを握り込んできて、深水は思わず手を払おうとした。入江はまったく動じず、感触を確かめるように握り直した。

「——」

後ろに手をついて上半身を持ち上げようとする前に、入江がかがみこんで口に含んだ。濡れた、熱い感触に包まれる。深水は声を呑み込んだ。

緊張と混乱で、ただただ自分の心臓の音を聞いていた。快感など感じない。ひたすら竦《すく》んでいると、しばらくして入江がゆっくり顔をあげた。

「目が覚めてると、やっぱ拒否なんだ」

淡々とした言いかたに、ひやっとした。

「先生、俺の触って」

首を振ったが、入江は強引に深水の手を取って、自分の前に触れさせた。充実した感触に、深水は目をつぶって顔をそむけた。

「握って」

有無《うむ》を言わせない強い語気に、深水は思い切って指を回した。それだけでさらに力を増してくる。

「擦《こす》って」

入江の声が低く命令する。他人の快楽に手を貸すことに、どうしようもなく抵抗を感じた。

「……」

「してよ。じゃなかったら口でして。できる?」

「む、無理だ」

入江が「だよな」と笑った。

「それで、許可だけは出すんだ。傲慢だよな。自分はなんにもしないで、お姫様みたいに清らかな顔して、自分を欲しがってじたばたしてる男を見て、せせら笑ってる」

憎しみすら感じる声に、深水は怯《ひる》んだ。

「自分の裸見るだけで頭に血が上る男ってどんなふうに見えるんだろうな。哀れな感じ？　それとも情けねえなって嘲《あざけ》ってる？」

「そんなこと、思ってな…」

いきなり足をつかまれて、深水はバランスを崩した。入江が文字どおり引きはがすようにして服を脱がしにかかった。セーターとアンダーシャツを一緒に引き抜かれ、ジーンズも蹴り脱がされた。

「――こんなのは、してないよ」

次は何をされるのかと身構えている深水に、入江は唐突に言った。

「あのときは全部脱がせたりしてない。キスは死ぬほどした。ここと、ここに跡もつけた。好きな人に跡つけるのってどんな感じなのかなって思って。それだけ」

「――なんでそこで止めたんだ」

湧き上がってくる感情がなんなのか、深水自身にもわからなかった。投げつけるように言うと、入江は無言で深水を見返した。

「抱きたいんじゃなかったのか」

「だって、先生にはそんな気、ないだろ」

「ないよ」

深水は大声で言い返した。

「あるわけないだろ。俺はゲイじゃない。それなのに勝手に恋愛感情ぶつけてきたのはそっちだろ。俺はおまえのこと普通に好きだったのに」

真っ赤になった入江の目が、恨《うら》むように深水を見た。深水はそれを撥《は》ね返した。

「おまえならいくらでも相手いるのに、なんで俺なんだよ」

「知らねえよ。俺だって何回も諦めようとしたよ。でも、どうしても先生が好きなんだからしようがねえだろ」

「無責任なこと言うなよ！」

深水はそこにあったセーターを入江に叩きつけた。

「おまえのせいで、俺は——」

いつの間にか好きになっていた。

寝ている間になら何をしてもいいよ、と言ってしまうほど、入江を好きになっていた。

それでカタをつけたつもりになって、でもとっくに手遅れだった。

ふつふつと湧き上がってくる激しい感情を、もう抑えようとは思わなかった。

「馬鹿じゃねえの。なんで止めるんだよ。なんで逃げるんだよ。好きだから我慢するとか、傷つけたくないからなかったことにするとか、クソ馬鹿馬鹿しい」

半分以上、自分に対する苛立ちだ。

入江が無言でのしかかってきた。

「……っ、ん……」

上から覆いかぶさるように抱きしめられ、両手で頭を固定してキスされた。素肌が密着して、身体の重みが生々しい。

「――う、……」

自分より身体の大きな相手が欲望を向けてくることが、本能的に怖い。挑発しておいてがちがちになっている深水に、入江は何度も口づけた。頬や額にもキスされ入江の舌が首筋から鎖骨に這っていく。

「あ」

ぬるっと乳首を舐《な》められて、勝手に声が出た。

「待っ、……」

甘い痺《しび》れが起こり、驚いてストップをかけようとしたが、その前に強く吸われ、快感の糸がぴんと張られた。

「え、あ……っ」

焦ったが、入江は確信をもってそこを弄《いじ》っている。羞恥がさらに快感に結びついて、深水は入江の頭を押しのけた。

「嫌だ…」

「なんで」

必死で逃げようとしている深水を、入江は楽々と封じた。

「先生、ここ好きなんだよ」

「んで、そんなこと…」

「眠ってても、感じるとこは感じる。触ったらすごい感じてた」

耳が熱くなって、頭の中がぐらぐらする。

「ほら」

唾液《だえき》で濡れた小さな粒を指先で弄られると、きゅうっと腰の奥が痺れた。左右交互に舐められて、試すように指先で弄られると、快感が増幅する。

「あ、ああ…っ」

つまんで軽く引っ張られ、その刺激に決壊《けっかい》するように快楽が押し寄せてきた。

「先生、気持ちいいって言って」

入江が囁いた。嫌だ、と首を振ると、「言って」と強い声でもう一度言われた。

「なん、で…」

「言ってよ」

これが岐路《きろ》だ、と本能的に思った。入江もそうわかっている。言うとおりにしたら、こんどこそ、もう後戻りはできない。

「先生」

濡れた舌で潰され、次の刺激を待っているのに、そのまま放置された。焦《じ》れったい。

「ここ、気持ちいい?」

深水はきつく目を閉じた。

「先生」

「――ん…、うん」

認めてしまった。

「――いい」

気持ちいい。認めたとたん、ふっと身体が軽くなった。

「――あ、あ……」

舐められ、吸いつかれて、もう遠慮なくその快感を受け入れた。

「先生、足開いて」

興奮しきった声で言われて、両足を開いた。

首筋から鎖骨、胸、脇腹と順番にキスが下りて行く。

「――ん、う……あ…ぁ」

汗で湿った髪が腹からその下を掠《かす》める。もうスイッチが入ってしまって、何をされても感じてしまう。その反応に、入江の愛撫がさらに大胆になった。

薄皮がはがれるように、抵抗感が薄れ、違和感がなくなる。さっきはぜんぜん感じなかったのに、口の中に吸い込まれて、熱い感触にぎゅっと目を閉じた。気持ちいい。快感がストレートに愛情を揺さぶる。

「出る、入江……っ」

髪をつかんで口を離させようとしたが、うるさそうに払われた。

強く吸われて、強烈な快感に、一気に解放した。

「――はっ、はあ、…っはあ、は……」

入江がゆっくり顔を上げた。感激で溢れそうになっているその表情に、深水は肩で息をしながら自分もひどく満たされているのを感じた。

「入江…、」

快感の余韻《よいん》が残ったままのそこに、また入江が顔を突っ込んだ。

「あ」

尖《とが》った舌が、奥にもぐりこむ。さすがに一瞬抵抗したが、すぐ封じられた。初めて経験する感覚に、身体が勝手に逃げそうになる。そのたびに乱暴に元に戻された。熱い舌と、唾液、音、お互いの激しい息遣い、ぜんぶが理性をぐずぐずにする。

「入江…っ、…あ、あ、…」

いつの間にか指が何本か入れられていた。余裕のない動きで中を広げられ、頭の奥がぼうっとした。

「先生、ごめんな」

入江の声が切羽詰《せっぱつ》まっている。

熱い塊《かたまり》が押しつけられ、ずり上がったところを強い力で引き戻された。

「――」

無理だ、と首を振ったが、入江は強引に入ってきた。

「先生、息して。なんか言って」

「なにかって、な…」

それでもひゅっと呼吸すると、そのわずかなタイミングで入江が腰を進めた。痛みと圧迫感に、思わず自分を抱きしめる腕にすがりついた。

「――…あ、あ……」

入ってくる感覚に、深水はひたすら圧倒された。

受け入れるのにいっぱいいっぱいで、他には意識がいかない。

「先生……」

入江が頬や唇にキスをしてきた。

「ごめんな。痛いよな」

荒い呼吸をしながら入江が囁いた。深水は曖昧に首を振った。本当は痛い。でも止めてほしいとは思わなかった。

入江が中を抉《えぐ》ってくる。苦痛を悟《さと》られないように、深水は横を向いた。

「先生、先生」

荒い呼吸と動きに翻弄《ほんろう》され、だんだんわけがわからなくなった。ただ入江が自分を求めているのだけはわかる。

好きだ、先生。

単純で迷いのない、それだけの気持ち。

「入江」

いつの間にか自分の中にも芽生《めば》えていたのに、どうしても認めることができなかった。

入江が揺るぎなく求めてくれたから、やっと追いつくことができた。

「入江」

手を探したら、ぎゅっと握ってくれた。深水はその手を握り返した。

「入江――」

目が合って、その瞬間、中で熱いものが溢れた。

「――」

小さく息を洩らし、入江が脱力して落ちてきた。激しい呼吸と汗の匂いに、深水は入江を抱きしめた。

「先生――、だいじょうぶ?」

「うん…」

ごろりと横に転がって、入江は心配そうに訊いた。男らしい精悍《せいかん》な顔が、吐精《とせい》のあとで弛緩《しかん》している。眉を寄せてはあはあ息をしているのが妙に色っぽく見え、深水も息を切らしながら見惚れていた。

「先生…」

手を伸ばして頬に触れてくる。自然に唇を重ねた。何度かキスを交わすと、入江はまたゆっくり覆いかぶさってきた。

「先生、好き」

何回も聞いた言葉が、違って聞こえた。

「なあ先生、…俺とつき合ってよ」

「――は？」

今さらなにを言ってるのかわからなくて、冗談なのかと半笑いになったが、入江は真剣そのもので、深水の手を両手で握った。緊張が伝わってくる。

「俺、ぜったいに先生のこと大事にするから。だから、つき合って。お願い。先生が嫌だったら今みたいなことも無理にしない。約束します。だから俺とつき合って」

なんで今さらそこまで後退してるの？　と深水は啞然《あぜん》とした。

「先生の言うことなんでもきくから。だからお願い」

ほとんど祈るように懇願《こんがん》されて、ようやく自分がまだなにも意思表示していなかったことに気がついた。とはいえ、ボディランゲージという言葉があるだろ、と思ってしまう。

「あのさ。俺はゲイじゃないだろ?」

入江の頬が強張った。

「なのにこんなのしちゃったろ? それって相当ありえないことだろ? おまえのこと好きじゃなかったら、ぜったいいやんないよ」

「……え」

入江がぽかんと深水を見つめた。

試しに入江の唇にキスをしてみた。入江の頬がみるみる紅潮した。

「え、つ、つき合ってくれるってこと?」

「うん」

「本当に⁉」

「うん」

本気で深水がNOを言う可能性があると考えていたらしい。

「う、嘘…」

入江は息を呑み、それからはあっと大きく息をついた。

「やばい、え、マジで。信じられない。あー今死んでもいい…」

声に感激が溢れていて、照れくさかったが、聞いている深水も幸せになった。

あ、俺本当に入江が好きなんだな。

今度こそ、すとんと腑《ふ》に落ちた。

入江の笑った顔が本当に好きだ。

「先生！」

入江の腕に包まれて、深水も入江の背中を抱き返した。

もうなんの違和感もなかった。

8

例年通り「珈琲屋《コーヒー》」の正月は三ヵ日を過ぎた四日の午後からオープンだった。

「へー、ここかぁ」

古い長屋の趣《おもむき》を残したままの店を眺めて、入江《いりえ》が感慨深そうに呟いた。近くに有名な神社があるので、五時を過ぎても人通りは多い。

ずっと「遊びにおいでよ」と福田《ふくだ》に誘われていたが、頑《かたく》なにゲイとの出会いを避けていたので、入江がここに来るのは初めてだ。

「いらっしゃい」

カフェタイムからバーに切り替わるタイミングで、店は比較的暇な時間帯だ。

「おー、入江君、ついに来たね」

ギャルソンエプロンの福田がいらっしゃいませ、とカウンターの奥から出てきて目を丸くした。

「お久しぶりです」

福田に入江とつき合うことになったと報告するのはかなり照れ臭かったが、福田は驚きつつ、思った以上に喜んでくれた。

「ねえ、深水《ふかみ》が彼氏連れてきたよ」

福田が厨房のパートナーに声をかけるのが聞こえ、入江は口もとをほころばせた。

「彼氏だって」

「ふくちゃん接客業長いからね…」

人を喜ばせる言葉のチョイスが的確だ。

「なあ先生」

入江が声をひそめた。

「俺ほんとにぜったい何もしないし何も言わないから、もし先生殴ったやつがいたら教えてな?」

そう言うんじゃないかと思った通りの発言をしたので、深水は思わず笑ってしまった。

「あのときは本当に俺のほうが過剰防衛気味だったから、もう忘れろって」

「岩野《いわの》さんのことなら、出入り禁止にしたよ」

カウンターに並んで座っていたので話が聞こえていたらしい。福田がコーヒーを出しながらこともなげに言った。

「えっ、そうなの？」

「前からトラブル起こしがちだったし、さすがにね」

「そうなんだ」

びっくりしたが、入江は明らかに報復できないことにがっかりしている。出入り禁止になっててよかった、と深水はかなりほっとした。

「で、入江君は今実家なの？」

「いえ」

入江はアパートを引き払ったあと、バイト先の倉庫で寝泊まりをしていた。荷物も倉庫の廃棄物置き場に自分で運んでいて、しばらくはそのまま置かせてもらえることになっている。不動産会社が始業したら連絡をしてまたアパートの隣同士になる予定だ。

「今はほとんど先生のとこにいます」

入江が嬉しさをかみしめるように言った。

あれから入江はご主人様を慕《した》う飼い犬のように深水のそばから離れない。もうちょっとしたら落ち着くと思うから許して、とコンビニに行くのにもついてくる。ぜったい無理だって思ってたものすごい片想いが実ったら先生だってこうなるよ、という変な言い訳を可愛いと思ってしまう程度には、深水も舞い上がっている自覚はあった。

とはいえ、元日の朝、姉がおせちを持っていきなり訪ねてきたときはちょっと焦《あせ》った。

「母さんが持って行けって」と小さなお重《じゅう》を手渡しながら、姉は「こんどから染み抜き手伝うから教えてよ」と殊勝《しゅしょう》なことを言っていた。姉が来たとき入江はまだ眠っていたが、話をしている間に目を覚ましたらしい。いきなり「誰？」と険《けわ》しい顔で出てきたのにはびっくりした。姉は姉で「美人が来てたからつい誤解しそうになって」と頭をかいている入江が下着だけの格好なのに妙な顔をしていた。

弟のベッドでほぼ裸で寝ていた男のことをどう解釈したのか、まだ確認はしていない。まあばれたらばれたときのことだ。

「本懐《ほんかい》とげて、よかったねえ」

福田がしみじみと言った。

「はい」

入江が晴れ晴れとした笑顔を向けてくる。頬にえくぼができて、入江の笑った顔がものすごく好きだ。

笑顔を返しながら、深水もしあわせをかみしめた。

あなたのベッド

1

福田《ふくだ》にさんざん冷やかされて、終電がなくなる前に深水《ふかみ》と珈琲《コーヒー》屋を出た。古い長屋通りの屋根の上、きんと冷えた夜空にぱらぱらと星が出ている。

「先生、寒くない？」

入江《いりえ》はさっそく隣を歩く深水の手を取って自分のコートのポケットに入れた。こんなことをしていいのが、いまだに信じられない。深水は少し眠そうな顔で「だいじょうぶ」と答え、入江のポケットの中で手を握り返してくれた。そこから幸せが身体中をものすごい勢いでかけ巡ってくる。

「先生」

「うん？」

「すごい幸せ…」

深水が声を出さずに笑った。街灯に深水の白い息がにじむ。

「あー明日家に帰んの、嫌だな」

「一泊だけだろ？」

「うん。明後日《あさって》の昼前には戻るよ」

毎年実家では親戚一同が顔をそろえて新年会をやる。その年によって日程は微妙に変わるが、今年は五日だ。年末年始はスルーしたが親は特に何も言ってこなかった。しかしこうした行事に不参加は許されず、一昨日《おととい》から何度も確認のメールが入っていた。親戚には実家から大学に通っていることになっているのも面倒くさい。

「新年会ってどんなことすんの？」

「仏壇に、なんか特別な飾りつけみたいのして、親戚がずらっと並んで仕出し食って、お年玉もらって説教されて、厭味《いやみ》と皮肉の応酬《おうしゅう》聞いて、解散」

「はあ」

「行きたくねー」

「行かないとどうなんの？」

深水に訊かれて、ちょっと虚《きょ》を突かれた。

「さあ…今まで実家だったからそういう選択肢は考えたことなかったな」

高校のころは部活仲間の誰かの家で年越ししたが、新年会の日は家にいて、ひたすら忍耐でやり過ごした。

「わかんないけど、母さんが発狂するのは間違いねえな」

各方面に顔色を窺い続ける母親に対して、子どものころから鬱陶《うっとう》しいと感じていた。が、わざわざ顔をつぶすようなことをしようとも思わない。

「まあ、学費出してもらっている以上、こういうのは義務だし」

「俺も明日、ちょっと実家に顔出してくるよ」

深水が憂鬱《ゆううつ》そうに言った。深水もあまり自分の家が好きではないようだ。

正月におせちを持ってきてくれた深水の姉は美人だったがやたらと目つきが悪く、まさか実姉だとは思わず、「誰?」と牽制《けんせい》するような態度をとってしまった。しかもろくに服を着ていなかったから、もしかしたら勘づかれたかもしれない。あとから謝ったが、深水は苦笑しただけで、たいして気にしていないようだった。

「姉ちゃんが今年からちゃんと店のことやるとかって言ってるんだけど、どうなんだかなー…」

駅が見えて来て、深水は入江のコートのポケットから手を出した。ICカードを出すためだが、さみしい。

「先生」

人目のあるところではダメだと頭ではわかっているが、いつもくっついていたい。終電近くでホームに人はまばらだった。そばに寄って手に触れると、深水が少し呆れた顔で笑った。

「家帰ってから」

たしなめるような言いかただが、声が照れている。入江は他愛《たわい》もなくとろけた。

「うん、ごめん」

帰ったら抱きしめて、キスして、好きだと何回でも言える。幸せだ。

「先生」

「なに」

「先生」

「だから、なに」

呼んだら返事をしてくれるのが嬉しくて繰り返すと、とうとう深水が笑い出した。

「先生」

返事の代わりに、深水がポケットに勢いよく手を突っ込んできた。冷たい手が入江の指を握る。ふざけたふりでちゃんと気持ちを受け止めて、返してくれる。

入江は深水の手を包むようにして握りしめ、溺《おぼ》れてしまいそうな幸福感に浸《ひた》った。

2

アパートから実家まで、自転車で二十分ほどかかる。

広々とした歩道と街路樹の続く「お屋敷通り」はまだ正月の余韻《よいん》が残る時期の早朝で、人の姿もほとんどなかった。入江《いりえ》はダウンジャケットの襟口《えりぐち》に顎《あご》を埋《うず》め、のろのろと自転車を走らせていた。格式高い日本家屋や有名建築家の矜持《きょうじ》がにじむ邸宅などをいくつか通り過ぎて、やっと「ＩＲＩＥ」というプレートの出た家の前まで来た。

インターフォンを鳴らす前からもう帰りたい。

「はい」

母親の応答に、俺、と短く知らせる。ややして開錠の電子音がした。

「早かったのね」

自転車を入れて玄関でスニーカーを脱いでいると、エプロンをした母親がせかせかと出てきた。息子を出迎えにきたわけではなく、玄関の掃除のためだ。

「その靴、ちゃんと仕舞って。服は？　もう制服ないんだから、きちんとした格好にしてよ」

親戚が来るときは、いつにも増して神経質になるのは昔からだ。

「兄貴は？」

「まだ寝てるでしょ」

兄のことになると、わずかに声がトーンダウンした。

先妻の遺した一人息子は、実母の記憶などほぼないはずなのに、後妻には一切懐《なつ》かなかった。底意地の悪い親戚の誰かかれかが常に悪口を吹き込み続ければ、それはそうなるよな、とこのごろ入江は兄にも母にも同情を感じるようになっていた。

「なにか手伝おうか」

いつもならそのまま自室に直行しているところだが、入江はマフラーを外しながら母親に声をかけた。家族とあまりしっくりいっていないのは深水《ふかみ》も同じだが、それはそれとして深水は家業の手伝いはマメにしている。自分も少しは見習わないと、と反省していた。

「——いいわよ、別に」

玄関のドアを開けようとしていた母親はびっくりしたように振り返り、一拍遅れて返事をした。

「朝ごはんは？」

今さらのように訊かれて、入江は「食ってきた」と答えた。深水と二人して「行きたくねえなあ」と言い合いつつ一緒にあれこれ作って食べてきた。

「俺も頑張るから、おまえも頑張んな」

別れ際の深水を思いだすだけで口元がゆるむ。

「俺、することもないし、手伝うことあったら言って」

母親にとって新年会は気の張る行事で、手抜かりがないよう準備を重ねているのはわかっていたが、一応そう言って着替えるために二階に上がった。

兄の部屋は静まり返っていて、その先の父の書斎からは明かりが洩れていた。父親は昔から一貫して家のことにはまったくの無関心だ。家にいるときは常に書斎にこもっていて、めったにリビングにも下りてこない。

祖父母は入江が小学生のころに相次いで亡くなった。それまで母親は家の中でほとんど発言権がなかったが、やっと主婦として振る舞えるようになり、しかし親戚たちは折に触れて勝手な真似はさせない、と目に見えないプレッシャーをかけ続けている。口うるさく、体面ばかり気にしている母親のことを入江もずっと疎《うと》ましく思っていたが、今は少しだけ考えが変わっていた。まだ一年も経《た》っていないが、家を出て距離を取ると、以前は見えなかったものが見えてくる。

しばらくぶりの自分の部屋は、この前来たときから何も変わっていなかった。冷え切った部屋のエアコンをつけて、ダウンを着たままなんとなく学習机に座った。

週に二回、深水が家庭教師に来てくれるのだけを待っていた。あのころの気持ちを思い出すと、今でも小さく胸が疼《うず》く。指先で机の上をなぞり、身体を倒して目を閉じた。冷たい机に体温がうつる。

「せんせい」

本当に、まだ信じられない。あの人が俺の恋人になってくれた。

絶対にありえないことのはずだった。

本当に、本当に、本当に奇跡だ。

深水のことを思っていると勝手に身体が反応し始める。入江、と囁く熱い声、首にまわってくる汗ばんだ腕。あの人の中に入ったのは初めてセックスしたときの一回だけで、そのあとは深水が嫌だろうと思ってしていない。いいの？　と遠慮がちに訊かれるが、無理にしようとは思わないし、なんならこの先一生できなくても構わない。昨日も長い時間ベッドの中でくっついていた。肌と肌を密着させて、唇や舌で快感をやりとりして愛情を確かめ合えたら、入江はそれで十分だった。

ただ深水が嫌じゃないかといつも心配で、しつこいくらい「嫌じゃない？」と訊いてしまう。深水はそのたびに根気強く「嫌じゃないよ」と答えてくれた。

あの人は、本当に優しい。

臆病な猫みたいなところがあって、誰もかれもを受け入れたりはしないが、一度心を許したらどこまでも寛大だ。

好きだ、と思うそばから唇の熱さや抱きしめたときの感触を身体が反芻《はんすう》し始めていて、ダメだ、と入江は勢いよく机から立ち上がった。

エアコンの暖気が部屋に回っていて、もう寒くない。ダウンコートを脱ぎ、クロゼットを開けて薄手のジャケットを着た。下はジーンズだがブラックデニムを穿《は》いてきたので、大学生の身だしなみとしてはこんなものだろう。去年までは高校の制服を着ていたが、それでもシャツの襟《えり》がどうの、ズボンの丈がどうのと聞こえよがしに母親に注意する親戚がいた。

しばらくしてタクシーが次々に家の前に停まり、ガレージにも高級セダンが何台か入った。仕出し業者と出張ケータリングのスタッフがキッチンを占拠して、誰も楽しくはない会食がいつも通りの進行で始まった。

ふだんほとんど交流のない従兄弟《いとこ》たちと形だけの会話をして、こっちは関係がよくわかっていない遠縁の老人たちの品定めに耐え、ひたすら苦行《くぎょう》をやりすごす。

「高広《たかひろ》君、久しぶり」

やっと肩肘《かたひじ》張った会食が終わり、酒の席になると、従兄弟たちが一人二人と姿を消し、兄も自室に引き上げた。入江も二階に上がるつもりでキッチンに飲み物を取りに行き、そこで比較的話しやすい親戚に声をかけられた。

「すっかり大人になったのねえ。お父さんにそっくりになったじゃない」

父の年の離れた妹は、大学で病理学を教えている。男尊女卑《だんそんじょひ》の傾向《けいこう》の強い入江の家でもずっと才媛《さいえん》で通っているが、本人は「今どき才媛って」と首をすくめていて、なんとなく彼女には好感を持っていた。

「お久しぶりです。今年もよろしくお願いします」

席が遠くてきちんと顔を合わせていなかったので、改めて挨拶《あいさつ》すると、目を細めて笑った。

「こちらこそ。私、用事があるからそろそろ失礼しようかと思ってたとこ。渡しそびれてたから頼子《よりこ》さんに預けようと思ってたの。ちょうどよかった」

これね、とポチ袋を手渡された。

「ありがとうございます」

「このくらいのバイト代なかったら、こんな窮屈《きゅうくつ》なとこ来てらんないわよねえ」

ふふ、と笑ってから、叔母はしみじみと入江を眺めた。

「男の子って急に大人になるねえ。頼子さんも、高広君がいてよかったよね」

「そうですかね」

思わず皮肉に洩らしたのは、ずっと入江がそのことに引っ掛かっていたからだ。

母は入江を妊娠して、父と結婚した。

順番が違う、まだ先妻を亡くして間もないのに、と責められたであろうことは想像しなくてもわかる。亡くなった祖父母の記憶はただただきついものだった。

実家の経営するクリニックで薬剤師として働いていた母は、入江を妊娠したとき二十を過ぎていた。焦《あせ》ったあげくに父の弱っているところにつけ込んだ、と誰かれなく陰口をたたかれているのが幼い入江の耳にも入ってきていた。

そのころにはよくわかっていなかったあれこれが理解できるようになったのは、祖父母が続けて亡くなったあとだ。好き勝手させない、という縁戚たちの圧力にそうした事情が透けて見え、それなら自分の存在はいったいなんなんだ、とわからなくなった。自分さえいなければ、両親は結婚していなかった。そのほうが誰にとってもよかったんじゃないか、と思ってしまう。

不在がちな父と、不幸そうな母と、不機嫌で尊大《そんだい》な兄。ちょうど自分が同性に惹《ひ》かれることにも気がついて、今から考えると、あの時期、自分はかなり危うかったなと思う。

中学受験にも身が入らず、結果として不本意な私立に通うことになり、でもそのころ偶然深水を知った。

塾に行く前に必ず寄っていたコンビニで、同じように買い食いしている高校生が深水だった。周辺で一番偏差値の高い高校の制服を着ていて、最初は「きれいな顔で、頭もいいんだな」と思って注目していただけだったが、遠くから見ていてもだんだんその人となりは伝わってくる。

コンビニの店員にお釣りを間違われて言いにくそうに正したり、新作のお菓子を選びきれずに延々と棚の前で迷っていたり、ホットコーヒーのボトルキャップをなかなか開けられなかったり、ちょっとしたことが可愛くて、あの人のことといくらでも見ていられるな…と思ったのが恋の始まりだった。

息苦しくて、嫌なことばかりで、泥沼に足を突っ込んだような毎日の中、週に二回、コンビニで「あの人」を見るのだけを心の支えにしていた。それまで、自分が同性に惹かれることにも悩んでいたが、深水を見つめているうちに「別にいいだろ」という開き直りの境地に至った。

誰にも言えない片想いは、けれどぜんぜん辛くはなかった。初めから一ミリの期待ももてない恋は、ひたすら憧《あこが》れの要素だけでできていたからだ。「あの人」が立ち読みしていた雑誌をあとから買って、この辺見てたよな、のページが女の子のグラビアでがっかりしたり、同じ缶コーヒーを毎回買って、めちゃくちゃ念じて間接キスということにしたり、そんなことで十分楽しい。

卒業シーズンのあとコンビニに姿を見せなくなって、ああやっぱり、と思って少し落ち込んだが、その頃にはいろんなことに折り合いをつけられるようになっていた。「あの人」のおかげだ、と心の中で感謝して、そのまま淡い片想いの記憶としてだけ残るはずだった。

「高広君、彼女できたでしょ?」

「えっ」

いつの間にか深水のことを考えてぼんやりしていた。叔母の悪戯《いたずら》っぽい声に、はっと我に返った。

「この前はいないって言ってたけど」

「えー…いや…」

「なんとなく雰囲気変わったよ。いい方に」

「そうですか?」

今さら照れて、入江は意味もなく頭を触った。叔母が楽しげに目を細める。

「それじゃ私そろそろ行くから。彼女さんと仲良くね。頼子さん忙しいだろうから、挨拶しないで行くわ。よろしく言っておいて」

「はい」

叔母を玄関まで見送って、戻ろうとして母親と鉢合《はちあ》わせした。

「江美子《えみこ》さん、帰ったの?」

「うん。よろしくって言ってた」

母にとっても叔母は多少は気を許せる存在なのだろう。なんとなく玄関のほうを見やっている。

「俺、泊まっていったほうがいいよな？」

夜遅くまで居座る親戚もいるので、アパートに帰ると勘づかれる。家から通える大学なのに下宿していると知られたら、またいろいろ詮索されるだろう。

「そうしてくれる？」

「明日、昼前には帰るよ。朝飯とか自分で勝手にやるから」

今まで自分から必要以上のことを話しかけたりしなかったので、母親は少し戸惑った様子で入江を見た。

「布団とか、ちゃんとしてるの？　どうせすぐ戻ってくるだろうと思って一度も様子見に行ってないけど」

「大丈夫だよ」

「一階の人は？　まだうるさいの？　あんまり薬に頼らないほうが…」

「わかってる」

アパートの住人が夜うるさくて眠れない、と嘘をついて眠剤《みんざい》を出してもらっていた。

「大家さんが注意してくれて、それも大丈夫になったから」

「お、高広君」

小声でやりとりしていると、トイレから戻ろうとしていたらしい高齢の親戚が赤ら顔で近寄ってきた。

「背が高くなったなあ。何センチある？」

「春に測ったときで、百八十四でした」

「ほおー」

かなり酔っているらしく、息が酒臭い。

「頼子さん、ビールがもうなかったけど」

「あ、すみません」

「俺が持っていくよ」

一緒にキッチンについていき、冷えたビールを運んだ。内心うんざりしているが、以前から親戚の前ではぜったいそれを顔に出さないようにしていた。愛想をふりまくまでは無理にしても、母親にとばっちりがいかないように無難にふるまうくらいは最低限の義務だ。

深水には「ずけずけものを言うやつ」だと思われているようだし、実際深水の前ではまったくの素でいるが、実は他の人の前ではそうでもない。

家族や親戚の前ではもちろん、友達の前でもゲイだということを隠しているぶん、深水といるときほど自然体ではなかった。

誰より好きで、この世で一番嫌われたくない人なのに、恋人関係になる前から、深水の前では常に本音が言えるし、なにひとつ嘘はない。自分でも不思議だ。

「ちょっとコンビニ行ってくる」

外の空気が吸いたくなって、母親に声をかけて出かけた。本当はアパートに帰りたい。家の門を閉めながら、先生今どうしてるのかな、とスマホを出してみると向こうからメッセージが来ていた。

会食の合間にもなんどかやり取りしていて、深水は朝のうちに店に顔を出し、アパートに帰っているのは知っていた。そのあとまた連絡をくれている。

〈今日おまえ帰ってこないし、つまんないからふくちゃんとこ行ってくる。明日何時くらいに帰れそう?〉

おまえ帰ってこないし、つまんない、という文字を何度も眺めて、入江は「できるだけ早く帰るね」と返信した。

本当に早く帰りたいよ先生、と胸の中で呟いて、そこでふっとわかった気がした。

いつもこうやって先生に心の中で話しかけていたから、だから初めから素でいられたのかもしれない。

コンビニで深水を見かけるたび、入江はこっそり心の中で話しかけていた。

今日も会えて嬉しい、とか、遅かったから来ないのかと思った、とか、最初は独り言の延長で、だんだん「あの人」に苦しい胸の内を話しかけるようになった。

ねえ、俺どうしたらいいのかな。

家に帰りたくねえよ。

毎日しんどい。めんどくせえ。

いちばん精神的にきつかったあの頃、どうにかこうにかやり過ごせたのは、週に二回「あの人」に会えたからだ。いつも心の中で深水に辛い気持ちを訴えていた。

そして家庭教師と生徒として再会した。

嘘みたいで嬉しくて、でもだんだん辛くなった。

ただ一方的に遠くから見つめていただけの憧れが、手を伸ばせば触れられる距離にいて、話をしたり笑ったりしてくれる。

知れば知るほど好きになり、抑えても抑えても熱い感情が暴れ出す。

告白したのは区切りをつけて気持ちを切り替えさせたかったからだ。でもダメだった。勉強教えて、という口実が使えなくなるのが怖くて、我慢できずに勝手に隣に引っ越しまでした。

そしてさらに追い詰められた。

欲しくて欲しくて、おかしくなりそうに好きで、そのうち強姦してしまうんじゃないかと本気で自分のことが怖かった。

いつも深水を遠くから眺めていたコンビニの明かりが見えてきて、入江はふっと息をついた。

本当に「あの人」が恋人になってくれた。

コンビニの駐車場まで来て、入江は足を止めた。

スマホを出して「おまえ帰ってこないし、つまんない」というメッセージをもう一度眺めた。溢れてくる幸福感に、入江はスマホを額《ひたい》にあてて目を閉じた。

3

次の日の朝、入江《いりえ》は早々に家を出てアパートに帰った。

いつものようにぼろぼろの駐輪所に自転車を入れようとして、端っこに見慣れないスクーターが置いてあるのに気がついた。

朝起きてすぐ深水《ふかみ》とメッセージのやりとりをしたときには何も言っていなかったが、誰か来てるのか、と入江は急いでアパートの階段を上がった。

「お帰り」

「おかえりー」

一応チャイムを鳴らしてから玄関を開けると、聞き慣れた声が唱和《しょうわ》して入江を迎えた。

「ふくちゃんさん?」

「おじゃましてまーす」

深水の親友は炬燵《こたつ》に入ってすっかり寛《くつろ》いでいた。ひょろりとした長身で、常におしゃれな恰《かっ》好《こう》をしている福田《ふくだ》は、この部屋ではいつも深水のハンテンなど着てリラックスしている。今も眼鏡にハンテンで、深水と差し向かいでなにやら雑誌を広げていた。

「いらっしゃい…って俺の部屋じゃないですけど」

帰ったらすぐ抱きしめたい、キスしたい、と思っていたから、正直、ちょっとがっかりした。

「入江君が片してくれたんでしょ、深水の部屋なのにめっちゃ快適」

「深水の部屋なのに、ってなんなの」

入江は脱ぎっぱなしの深水のスニーカーを自分のものと一緒に下駄箱代わりのカラーボックスに入れ、ダウンジャケットを脱いでハンガーにかけた。ついでにそのへんに投げ出している深水の上着もかけておく。

しばらく出入りしていなかった間に深水の部屋は元の荒れ地に戻っていた。本当はもっときちんと片づけたかったが、キスしたり抱きしめたりするのに忙しくてその暇がなかった。それでも目につくものを整理すればそれなりにはなる。

「ありがとう」

ハンガーをかけていると、深水がちょっとバツが悪そうな顔で近寄ってきた。

「寒かっただろ」

「そうでもなかったよ」

大好きな人の顔を見て、自然に笑顔になる。深水も嬉しそうに入江を見上げた。

「ふくちゃん、彼氏と喧嘩して、さっき家出してきたとこなの」

深水が笑いを含んだ声で耳打ちしてきた。

「えっ」

「ごめんな。お邪魔なのは重々承知だけど、ちょっとだけ避難させて」

福田が炬燵の中で、はーと重い溜め息をついた。

「こういうときに狭い部屋で同棲してるとめんどくさいんだよね。顔合わさないですむ場所が少なくてさ」

昨日福田の店に遊びに行ったとき、すでに喧嘩は勃発《ぼっぱつ》していて、深水は早めに退散したが、今朝になって福田が「ちょっと頭冷やさせて」とやってきたらしい。

「珍しいですね、ふくちゃんさんが彼氏と喧嘩なんて」

手を洗うついでに袖《そで》をまくり、入江はシンクに溜まっていたコップやグラスを手早く洗った。

深水はまたぬくぬくと炬燵に入っている。

「喧嘩っちゅーか、ふくちゃんがイラついて三井《みつい》さんに八つ当たりしてるだけだろ」

「深水までそんなこと言うんだ…」

「コーヒー淹《い》れますけど、いる人」

はい、はい、と炬燵の二人が手を上げ、入江は電気ケトルのスイッチを入れた。

「ふくちゃん、就活のことで彼氏と意見が合わなくて、それでとうとう衝突しちゃったんだよ」

深水が説明した。

「ふくちゃんの彼氏、三年くらい営業職で働いてたんだけど、合わなくて辞めて、それで珈琲《コーヒー》屋始めたから、ふくちゃんにも無理して就活しなくていいって言ってくれてるの。優しいよね」

「だけど珈琲屋だってそんな儲《もう》かってるわけじゃないんだよ？　俺まで古着屋一本でいくとかリスクでかすぎでしょ」

福田がぼやくように言った。

「生活の安定は大事だよ。みっちゃんはいい年して甘いんだ」

「だけどふくちゃん、自分で会社員向いてないって言ってたじゃん。アパレルいろいろ厳しいって聞くし」

就活か、と入江はいきなり現実的なことを突きつけられた気分で鼻白《はなじろ》んだ。

「先生はどうするの？」

ハンドドリップで淹《い》れたコーヒーをカップに注ぎ分け、入江は三つまとめて炬燵に運んだ。

「俺も家が自営だから、実のところ、あんまり会社員ってぴんとこないんだよなあ」

炬燵の天板《てんばん》に広げられていた雑誌は就職情報誌で、カップに口をつけつつ見ると、マジックでいくつかチェックがついている。

「先生、商社希望なんだ？」

「そういうわけでもないけど、ゼミのＯＢがリクルートに来ててさ」

「でかいとこはやっぱ待遇いいよな」

福田が雑誌を眺めながらうーん、と眼鏡のブリッジを上げた。

「入江君はこういう苦労ってしないんだろうなあ」

「うちの理工学部、就職つえーもんなあ」

先の話すぎて入江はぴんとこないが、確かに先輩たちが話をしているのを聞くともなく聞いていて、ずいぶん余裕なんだなと思っていた。

「けど、深水ってちゃんとスーツ着たら爽《さわ》やかで、面接官受けよさそう。羨《うらや》ましい」

「そうかなー」

入江はチェックのついている企業に「海外にも重要拠点」とあるのにどきっとした。海外とまではいかなくても、深水が社会人になれば嫌でも距離ができてしまう。

やっと手にいれたのに、と遠距離になってしまうのを想像しただけでぞっとした。入江はちらっと深水を見た。

まだ恋人になったばかりで、ふわふわして足元が定まらない。たった一晩離れていただけなのに、福田と就職情報誌を覗き込んでいる深水を眺めていると、キスしたり抱きしめたりしていたことが夢の中のできごとのような気がしてきた。

そして半《なか》ば覚悟していたが、その夜福田は泊まっていくことになった。

「ほんとごめんな」

「いつものことじゃん」

夕方になって彼氏から電話がかかってきて、内心仲直りして帰ってくれるかも、と期待していたが、電話に出た福田は逆に彼氏と言い争いになって「今日は深水のとこに泊まるから！」と言い捨ててしまった。

福田のことは好きだし、自分自身も深水の部屋に居座っている身なので仕方がない、と諦めたが、なんとか福田の目を盗んで手を握るとかちょっと目配せしあうとかしたかった。が、深水はすっかり以前の隣人モードで、入江はだんだん不安になってきた。

もしかして、俺の勢いに流されてあんなことになったけど、一晩離れてみて、先生我に返って後悔してるんじゃないか……？

一度そんなことを考えてしまうと、怖くて真意を確かめられなくなった。

福田がトイレに立ったりシャワーしたりで二人きりになると、そわそわして意味もなく流しに立ったりそのへんを片づけたりしてしまい、こころなしか深水もそれにほっとしている気がして、入江は勝手に一人でへこんだ。

それでも三人でわいわい鍋を囲むのは楽しい。

深水と福田がマニアックな映画の話で盛り上がり、お互いの「入江に薦《すす》める映画十選」のプレゼンなど受けていると、以前とまったく同じ空気になっていて、リラックスする一方「だいじょうぶか、これ」とひそかに深水の様子を窺った。やっぱり恋人より隣人のほうが落ち着くし自然だ、などと考えていたらどうしよう…。

つぎの日、雑魚寝《ざこね》の炬燵で目が覚めると、深水はすぐ横ですうすう寝ていた。福田は炬燵の向こう側で眠っている。

「……」

深水の唇が少しだけ開いていて、いつも着ている柔らかなカットソーの襟《えり》もとからは鎖骨《さこつ》が見えた。

ほんのちょっと、キスするだけ。

福田が起きる前に、とどきどきしながら眠っている深水の上に覆《おお》いかぶさるようにして、そこで入江はためらった。

どうしようもなく好きで、触れたくて触れたくて、でもできなくて一番苦しかったころ、寝たふりをしているのを知らずに衝動的にキスを盗んだことがある。

あのときとは違う、今はちゃんと恋人なんだからキスしてもいいはずだ——でも福田もいるのに嫌かもしれない、と思うと弱気になった。

「——入江……？」

迷っている間に、深水がふと目を覚ました。眠そうに目をこすって小さくあくびをしている。

「先生、あの…」

キスしていい？　と目で伝えようとすると、その前に「うわ、もう十一時かぁ」と福田の声がした。

「思い切り寝落ちした」

「ふくちゃんも？」

深水はなにも気づかず、「おはよ」と入江ににこっとした。

「あ、お、おはよう」

爽やかな挨拶に、入江も慌てて笑顔をつくった。

たぶん、ゆうべ一番先に寝入ったのは自分だ。炬燵の上にあったはずの鍋や食器は流しに運ばれていて、代わりにスナック菓子の袋とチューハイの缶が並んでいる。

「コーヒー飲みます？」

「飲む」

「ほしい」

いつもの流れで入江が台所にたつと、スマホの着信音がした。

「ちょっとごめん」

彼氏からだったらしく、福田はスマホを持ってのそのそ外に出て行った。玄関ドアの向こうからぼそぼそと話し声が聞こえてくる。昨日は炬燵に入ったまま喧嘩腰で電話に出て、すぐ口論になったが、一晩経って頭が冷えて、ちゃんと話そうとしているのがわかった。相手も長年のつき合いで、そういう間合いがわかっているのだろう。

コーヒーを炬燵に運んでいると、福田が「さみー」と両手を合わせて戻ってきた。顔つきが明るい。

「もうちょっとしたらみっちゃん迎えに来るって言ってるから、帰るわ」

福田がさりげなく言った。

「わざわざ迎えに来てくれるんだ？　三井さん、優しいなあ」

「用事があって、車で近くまで来てるんだって」

「へー」

深水が冷やかすように笑い、福田も照れ笑いをした。たぶんこれが二人の仲直りのパターンで、深水もそれをよく知っているのだろう。

つき合いの長いカップルの安定ぶりに、入江はひそかに感じ入った。何度も喧嘩をしたり揉《も》めたりして、二人の間で「喧嘩のあとの最適解」を共有している。

いつか自分たちもこんなふうになれるだろうか。今はまだ、深水がつき合うことにしたのを後悔していないか、撤回《てっかい》されたりしないだろうか、とそんなことばかり心配している。

「ほんじゃまたな深水。入江君もまた」

しばらくしてアパートの外から車が砂利《じゃり》を踏む音がして、福田のスマホが鳴った。福田がいそいそ腰を上げ、入江は深水と一緒に外廊下に出て見送った。

車がクラクションを鳴らしてアパートの敷地を出て行く。助手席の福田に手を振っていて、駐輪所の屋根が目に入った。

「あれ？　そういえばふくちゃんさん、スクーターじゃなかった？　置いて行っていいのかな」

「ふくちゃんスクーターとか乗らないよ」

深水が怪訝《けげん》そうに答えた。

「え、そうなん？　昨日、駐輪所にスクーターあったの見たんだけど」

「じゃあ誰かが勝手に置いてるのかな」

放置されてるなら管理会社に言わないと、などと話しながら部屋に戻ろうとして、玄関ドアの新聞受けに封筒が差し込まれているのに気がついた。業務用らしいブルーの大判の封筒だ。このアパートを管理している不動産会社の名前とロゴが印刷されていて、深水が「なんだろ」と手に取った。そういえば隣の部屋をもう一度借りるのにまだ連絡してなかったな、と考えていると、深水が突然「は!?」と大声をあげた。

「なに？」

「いや…、ええ…？」

深水はうろたえきった様子で封筒の中に入っていた紙を差し出した。

「——えっ？」

目をやって入江も思わず声をあげた。

手渡された紙には「騒音についてのご配慮のお願い」という表題で、同じアパートの住民から生活音について苦情が届いているのでご配慮願いたい、という内容が記載されていた。「特に夜間の生活音は響きますので」という一文に目が釘付《くぎづ》けになる。

「同じアパートの住民、ってここ俺たち以外に誰か住んでたっけ？」

そもそもそこに疑問を抱いたが、深水も驚いた顔で首をかしげている。

「長距離トラックの運転手さんが一階に住んでるって不動産屋さんに聞いたことはあるけど…」

姿を見たことはないので住所を借りてるだけなんだろう、と以前深水が話していた。実際、入江も今まで他の住人の気配など感じたこともなかった。顔を見合わせていると、ふいに下からエンジン音がした。

「あっ」

慌てて見ると、アパートの敷地からスクーターが出ていくところだった。ちらっと見えただけだが、ジャンパーを着た恰幅《かっぷく》のよさそうな男だ。

「あのスクーター……」

「……」

どうやらこの年末年始の間に、一階のトラック運転手はアパートで寝起きを始めていたようだ。入江は無言で紙をもとの三つ折りにして封筒に戻した。深水も無言だ。「特に夜間の」生活音、という文言《もんごん》を思い出して背中に嫌な汗がにじむ。母親に「一階の人の生活音がうるさくて眠れない」と嘘をついた罰《ばち》がこんな形で当たった気分だ。

ひとまず部屋に戻ったが、非常に気まずい。

あんな音とか、ああいう声とか、もしかして聞こえていたのだろうか。隣り合った部屋の壁の薄さはよく知っているが、上下階のほうはどの程度聞こえるのかよくわからない。

「えーと、腹減ったな。なんか食べよっか」

深水が気を取り直したように笑顔を浮かべた。が、明らかに目が泳いでいる。

「じゃあ俺、掃除するよ」

「うん、ありがと」

福田が帰ったらさっそくあんなことやこんなことを、と思っていたが、いつまたスクーターが戻ってくるかわからない。入江はとりあえず窓を開けた。ちらっと見ると、深水は冷蔵庫の中を覗いていたが、まだ動揺しているのが手に取るようにわかった。

これは非常にまずいのでは……。

天板をはずして炬燵布団を干しながら、入江も動揺していた。勢いで押し倒し、情熱だけで押し切ったが、深水はずっと「俺は無理だ」と言っていた。

他人の目を意識して、男と恋愛なんて、と目を覚ました気持ちで考え直されたらどうしよう。

「先生」

「えっ、なに？」

思い切って声をかけると、フライパンを火にかけようとしていた深水がびくっと振り返った。

「いや、えーと、なに作ってくれんの…？」

「冷ごはん残ってたから炒飯《チャーハン》と、あと中華スープ…」

「う、うまそう」

「そうか?」

「うん。あ、掃除機かけるな」

「いつもごめんな」

妙にうわずった会話をして、深水はそそくさと包丁を握り、入江はその辺を片づけ始めた。もし本当に考え直そうとしていたらどうしよう。ただの隣人に戻ろうと言われたら。もうあんな生殺し状態、絶対に無理だ。

「先生」

決心して、ちゃんと俺のこと恋人だと思ってくれてるよね、と確認しようとすると、またしてもタイミング悪く誰かが外階段を上がってくる足音がした。

「理一《りいち》」

雑なチャイムの鳴らしかただけで、それが誰なのかわかった。

深水が玄関ドアを開けると、目つきの悪い美人が立っていた。

「朝から何回も電話してんのに、あんたなんで出ないんだよ」

いきなり文句を言いながら、深水の姉は部屋の真ん中に突っ立っている入江に気づいた。またおまえかよ、という顔でじろっとねめつけられて、入江は反射的に背筋を伸ばした。今日はちゃんと服も着ているし、やましいことはなにもない。

「どうしたの？　姉ちゃん」

「濱田《はまだ》さんが風邪で着物やれる人いないのに、ババアが明日までにって品物引き受けちゃったんだよ。理一に聞いてからにしろっつったんだけど、お得意さんだからって引き受けて、あんたがなかなか電話出ないから焦ってんの」

いかにも口が悪そうだとは思っていたが、それにしてもババアという言い草に驚いた。いつものことらしく深水は聞き流している。

「この際だからたまにはアテ外れさせりゃいいんだよ。あとで頼みに来るだろうから、その前にあんたどっか出かけちまえよ。どうせ頼まれたら断れねーだろ？」

深水が実家の手伝いをよくしているのに感心していたが、どうやら姉は弟が便利に使われているのに思うところがあったらしい。

「え、いいよ。行けるよ」

深水がびっくりしたように言った。

「どうせ今日休みだし」

深水の姉は目を眇《すが》めるようにして顎《あご》を上げた。

「ま、あんたがそれでいいならあたしは関係ないけどさ」

ちっと舌打ちをして、来たときと同じ唐突さで深水の姉はくるっと踵《きびす》を返すとアパートの階段を駆け下りて行った。

「ごめんな」

深水は玄関ドアを閉めると、振り返って入江に謝った。

「姉ちゃんいっつもあんな感じなんだ」

「手伝いに行くの？」

「うん。急ぎみたいだからメシ食ったらちょっと行ってくる。夕方には終わるから、そしたら一緒に買い物でも行こう」

深水が面映《おもは》ゆそうに瞬《まばた》きをした。

「なんかおまえの好きなもの作るよ」

せっかくやっと二人きりになれたのに、というのがちゃんと伝わっている。入江はいっきに気持ちが晴れた。

「先生」

今度こそ抱きしめようと手を伸ばしかけたとき、それを狙いすましたようにまたスクーターのエンジン音が響《ひび》いた。深水がはっと目を見開き、入江もどきりとして手をひっこめた。

エンジン音が止むと、ややして一階のほうでドアの開閉する音が伝わってきた。

「……」

「……」

特に夜間の生活音は響きますので、という一文が頭をよぎる。深水も同様らしく、「腹減ったなあ」とぎこちない作り笑いを浮かべて流しの前に行ってしまった。

結局そのあと恋人らしい言動は一切封印で、一緒に炒飯と中華スープの昼を食べたあと、深水は「ちょっと行ってくるな」と腰を上げた。

出がけにキスするのなら自然な流れだ、と急いで玄関までついて行ったが、それも階下から小さくテレビの音が聞こえてきてしぼんでしまった。

「じゃ」

「うん」

一人でアパートに取り残されて、入江はすごすごと炬燵に戻った。深水の足音が遠ざかる。

そのまま帰ってこないような不吉な予感が胸に湧いて、入江はばっと勢いよく炬燵から飛び出た。

大丈夫、大丈夫、と自分に言い聞かせながら皿洗いを始める。こういうものを放置するのは精神衛生によくない。

他にすることもなかったので、そのまま部屋の片づけに突入した。

年末年始はひたすらくっついていたくて、深水の部屋のさまざまな惨状《さんじょう》はスルーしていた。

押し入れにごちゃごちゃにつっこんであった衣類や毛布を畳《たた》みなおし、ごみをまとめ、ベッドを直し、水回りを徹底的に掃除して、ようやく夕方にはすっきりと全部が片づいた。でも深水は帰ってこない。掃除をするといつもは自動的に気分も上向くのに、まただんだん不安が募《つの》ってきた。

先生の気が変わっていたらどうしよう。

やっぱり無理だと言われたらどうしよう。

トークアプリに「まだかかりそう？　こっちは掃除終わったよ」と送ってみたが、反応はなかった。

深水の実家が預かる着物は代々受け継がれるような高価な品物で、特に染み抜きは技術を持った職人さんしかできないのだと聞いていた。だから時間がかかっても不思議はない。

でも、もしかしてお姉さん経由で深水が男とつき合っていることがばれて揉めているとかだったら、とよくない想像ばかりが浮かんだ。

他にすることもなくなって炬燵に入ってスマホを手に取ると、福田からのメッセージが入ったところだった。

〈入江君、昨日はじゃましてごめんな。こんどまた深水と一緒に店においでよ〉

入江にとって、福田は一番頼りになる相談相手で、さらに深水の高校時代からの親友だ。思わず通話をタップした。

『お、入江君？』

福田はすぐ出てくれた。

「すみません、ちょっと話したくて。今、大丈夫ですか?」

『俺はいいよ。深水は?』

「先生は着物の染み抜き頼まれて、家に帰りました」

『一人じゃつまんないよね』

福田は入江が暇を持て余して電話してきたと思っているようだった。

「暇っていうか、…不安がすごくて」

『不安?』

正直に今の心境を打ち明けると、福田はびっくりしていたが、入江の話を聞いてくれた。

『そっか、つき合い出したばっかのとこで悪いなとは思ってたんだけど、俺が急に泊まりに行ったせいで、そんなふうに不安になったんだな。ごめんな』

「や、ふくちゃんさんのせいじゃないです。もともと先生ゲイじゃないし、俺がめちゃめちゃ押したのに流されたって感じだから、どっちにしても先生後悔してるんじゃないかなってのがずっとあって…」

『まあ、ノンケ相手にしたらどうしてもそうなるよなあ。俺も正直、深水から入江君とつき合うことになったって聞いたときは驚いたし』

「俺、今さら先生にふられたら立ち直れない」

冗談めかしたつもりだったが、あまりうまくいかなかった。福田がうーん、と唸《うな》った。

『そもそも深水ってあんまり恋愛向きの性格じゃねーからなあ。里美《さとみ》ちゃんとつき合ってたときも、彼女っていうよか友達みたいな感じだったし』

「それ、先生の前の彼女のことですか？」

深水の彼女のことは、今まであえて触れないようにしていた。

「ふくちゃんさんもその人のこと、よく知ってるんですか？」

『うん、二年のとき同じクラスだったから。深水って女子受けする顔だし、誰とでもすぐ仲良くなるからもてるんだけど、こう、壁ないみたいであるのよ。本当に打ち解けるのは難しいっていうか。だから里美ちゃんがすげー頑張ってつき合うことになったんだけど、やっぱり深水があいう性格だからさっぱりしすぎで、結局里美ちゃんのほうがもう無理だなってあきらめちゃった感じ。地方の大学受けるときも、深水、ぜんぜん止めようとしなかったしさ。そりゃ彼女の人生に口出す権利ないってのは正論だけど、彼女にしたらさみしいよね？』

福田の口調に同情がまじった。もし深水のほうから好きになって、彼女に夢中だったとか聞いたら猛烈に嫉妬してしまうと思って聞かないできたが、深水の「去るもの追わず」ぶりを聞くと、それはそれで怖くなる。

『深水はいいやつだけど、とにかく恋愛向きじゃないから、そこんとこは覚悟してたほうがいいよ。っていうか、入江君ならいくらでもいい男紹介できるのに、なんでよりによって深水なのかねえ』

福田がつくづく残念そうに言った。

『本当にもったいない』

「すみません」

あまりに残念そうだったので、なんだか申し訳ない気持ちになった。

『いや、謝られることじゃないけどさ』

福田が声を出して笑った。

『まーでも深水がもしほんとに後悔してたら、俺にこっそり相談してくると思うんだよね。今のところそんな気配ないし、あと深水は確かに強く押されると流されがちだけど、絶対に嫌なときは頑《かたく》なだから。あんまり余計なこと考えすぎないほうがいいよ』

福田の親身なアドバイスに、ようやく少し落ち着いた。誰かが福田に話しかける声がして、入江は「ありがとうございました」と話を切り上げた。

いつの間にか、窓の外はすっかり暗くなっていた。入江はスマホを置いてカーテンを引いた。窓の向こうはブロック塀《べい》を隔《へだ》てて深水の実家の作業場だ。

ぼんやりしているとスマホが鳴った。深水からだ。入江は飛びつくようにしてメッセージを読んだ。

〈ごめん、ちょっと話し合いすることになって遅くなりそう。適当になんか食ってて〉

短いメッセージを二回読んで、入江は大きく息をついた。

話し合いって、誰と、何を？

疑問を文章にすると、詰問《きつもん》しているようで、だめだ、と自制した。

〈待ってるね〉

とりあえずそれだけ返して、「先生のぶんもなにか作っとくよ」とつけ加えた。むくむくとさっき頭に浮かんだ「男とつき合ってることがばれて、家族と揉めてる」説が現実味を帯びてくる。

ぼうっとしているとますます落ち込みそうで、入江は台所に立った。料理はだいぶできるようになったが、まだ深水のように冷蔵庫の中身をのぞいて適当につくる、という域には達していない。在庫を確認してメニューサイトで検索してみる、というところまでは身についていて、冷凍されていた鶏肉とキャベツの半玉を発掘していると玄関のチャイムが鳴った。

「はい」

反射的に返事をしたが、入江は「誰だ？」と首を傾げた。深水が帰って来たのならチャイムなど鳴らさず「ただいま」と声をかけて入ってくるはずだ。事前連絡なしにアパートを訪ねてくるような人間に心当たりがなく、閃《ひらめ》いたのはスクーターに乗った恰幅のいい男の後姿だった。

不動産会社からの通知を受け取ったのが今日なので、ゆうべは福田と三人でいつものようにわいわい鍋を囲んだ。今夜こそは静かにしろと直接注意しに来たのかもしれない。ひょっとして「夜の騒音」についてもなにか言われるかも。それは絶対に深水の耳に入れるわけにいかない、と入江はとっさに腹をくくった。

先生がいないときでよかった、俺一人でちゃんと謝らないと、と急いで玄関ドアを開けた。

「高広《たかひろ》？」

「えっ」

玄関先に立っていたのは入江の母親だった。カジュアルなブルゾンを着て、手には大きなナイロンバッグを提《さ》げている。

「表札出てないからわからなかったけど、二階だって言ってたから」

「なんで」

「一回様子見に行こうと思ってたし、ちょうどこっちに用事があったの」

実家とアパートは自転車なら二十分だが、電車だと連絡が悪く、さらにアパートは駅から遠い。

「連絡してくれたらよかったのに」

「ちょっとどんなふうにしてるか、見に来ただけだから」

母親は言い訳するように言った。

「えっと、じゃあ――どうぞ」

本当は深水の部屋だが、それを白状するといろいろややこしい。心の中で深水に謝りながら母親を中に入れた。

「きれいにしてるのね」

母親は炬燵の前に立ってぐるりとあたりを見回した。

「なんか飲む?」

「すぐ帰るから。これね、よかったら」

大きなナイロンバッグから保冷箱を出してきたので開けてみると、中には高級スーパーの総《そう》菜《ざい》や冷凍食品が詰められていた。他にも栄養剤のタブレットやビタミン補給のドリンクも入っている。

「重かっただろ。ありがとう」

「このくらいはね。いなかったら玄関の前に置いとくつもりだったし」

今まで親子らしい交流がなかったので、お互いぎこちない。

「もしかしたら女の子と同棲でもしてるんじゃないかってちょっと思ってたんだけど」

母親が唐突に言った。

「え、なんで?」

「雰囲気が変わったし――なんとなくね。もし一緒に住んでても、母さんは何も言わないつもりだったけど」

意外すぎる言葉に、入江は驚いた。

「叔父さんたちにばれても?」

「それは困るけど」

正直な返事にちょっと笑った。

「でもいい人といいおつき合いしてるんなら、何も言わない」

そういえば叔母にも彼女ができたんでしょ、と決めつけられ、いい方向に雰囲気が変わったと言われた。

それが先生の影響なら嬉しい、と思う。

「それじゃ行くわね」

結局腰を下ろすこともなく、母親はそのまま玄関を出た。

「あのさ」

廊下まで出て見送っていて、入江はふと訊いてみたくなった。

「母さんは結婚したの、後悔してる？」

俺を産んだことを後悔してる？

ずっと心に引っ掛かっていた疑問だ。

「どうして？」

母親がびっくりしたように振り返った。

「あんまり…幸せそうに見えないから」

自分でもぽろっと洩らしてしまった質問だったので、うまく取《と》り繕《つくろ》えなかった。

母親は目を見開いて、しばらく黙っていた。

「そうよね」

ブルゾンのポケットに手を入れて、母親は小さく笑った。

昔から入江は父親似だと言われていた。顔も身体つきも確かにそうで、でも常に不在がちだった父とは親子らしい思い出などほとんどないし、入江にとってはずっと他人も同然だ。かといって母のこともよく知っているとはいえなかった。祖母が元気だったころは祖母が家のことを仕切っていたので、入江も自然に母親より祖母を頼っていた。今も両親にはなんの親しみも持てていないが、同情に似たものをわずかに感じるようにはなっていた。

「後悔はしてないな」

目を伏せていた母親が入江のほうを向いた。

母親の声を初めてちゃんと聞いた気がした。同時に、目の前に立っている母親を、ふいに一人の女性として認識した。

この年齢にしては大柄で、特に印象に残らない顔立ちをしている。地味で、内向的で、神経質。母親についてそれ以上のことは知らなかったし、知りたいと思ったこともなかった。

「お母さん、薬剤師だったでしょ。漢方の勉強とかもしてて、でも結婚して全部止《や》めちゃった。人生棒に振ったなあ」

母親は半分独り言のようにつぶやいた。

「漢方の勉強してたの？」

「そう。でも全部止めちゃった」

全部、のところを「ぜーんぶ」と軽やかに口にして、母親は声をださずに笑った。

作り笑い以外の母の笑顔を、この前に見たのはいったいいつだろう。

そういえば母親の名前は「頼子《よりこ》」だったな、と唐突にそんなことも考えた。この人は、「入江頼子」だ。

「人生棒に振って、後悔してないの？」

「してないの」

母親は入江の質問を軽く弾《はじ》くように答えた。

「死ぬほど好きな人と結婚できたんだから、後悔してないし、誰からどう見えても、今も幸せ」

え？　と入江は驚いた。聞き間違いでもしたのかと思ったが、母親は吹っ切れたように笑った。

「人生棒に振ってもいいと思ったし、今も思ってる。風邪ひかないようにね」

じゃあ、も言わないで、母親は階段を降り始めた。かんかん、と足音が響く。

死ぬほど好き、人生棒に振ってもいいと思ったし今も思ってる——聞いたばかりなのに、その情熱的な言葉が自分の母親の言ったことだと信じられない。

地味で、めったに笑顔も見せず、ただ淡々と日々を過ごしているだけのように見えていた母親に、そんな強い気持ちがあったのかと驚き、同時になにかが腑《ふ》に落ちた。

「かあさん」

思わず階段の手すりにつかまって、下にいる母親に向かって身を乗り出した。

「俺、ずっと父さん似だって言われてたけど、中身は母さんのほうに似てるのかも」

立ち止まってこっちを見上げた母親の顔は暗くてよく見えなかった。

「そう？」

「うん」

やはりよく見えなかったが、母親が笑った気がした。アパートの外に待たせていたらしいタクシーが止まっていて、母親はさっさと車に乗り込んだ。

タクシーが見えなくなっても、入江はブロック塀の向こうを見ていた。生まれて初めて、あの人は俺の母親なんだな、と実感した。人生棒に振っても後悔しないくらい、死ぬほど好き──執念深くて重くてしつこい。そっくりだ。

おかしくなって笑って、なんとなく空を見上げた。

まだうっすらと群青《ぐんじょう》が残っていて、そこに電線が弧《こ》を描いている。ぱらぱらと小さく散っている星に、珈琲屋から深水と手を繋いで帰ったときのことを思い出した。

深水の頭のてっぺんは入江の目の高さで、ポケットの中の手は温かかった。

先生まだかな、と部屋に戻ってスマホを見ると、深水から新しいメッセージが届いていた。

〈ごめん、今日はそっちに戻れないかも。だからおれのぶんは作らなくていいよ〉

入江はしばらく突っ立ったままスマホの画面を見つめていた。――話し合いすることになった、今日はそっちに戻れないかも。

ふっと息をついて、入江は「了解、明日ね」と返した。一瞬不安に陥《おちい》りかけたが、すぐ浮上した。

今さら「やっぱり無理だ」でふられたら、とそればかり恐れていたが、そうなったところでなにも変わらない。

俺は執念深いし、重いし、しつこい。そういう血筋だ。

入江はスマホを炬燵の天板に戻して窓のそばに寄った。深水の実家の窓にも明かりがついている。

先生の気が変わっても俺は変わらない。先生がやっぱり無理だと言っても諦めない。ずっと好きだし、いつまででも待てる。人生を棒に振っても構わない。「あの人」だけが好きだ。

すっかり気持ちの整理がついて、入江はていねいにカーテンを閉めた。それから台所に立った。

鶏肉とキャベツ。スマホでレシピを検索して、二人分の夕食をつくるために包丁を握った。

4

かたん、という小さな音で目が覚めた。炬燵《こたつ》に入ってうとうとしていた入江《いりえ》は、玄関から入ってくる冷たい空気に「先生?」と起き上がった。

「ごめん、起こした?」

電気もつけっぱなしだったので、半分開いていたアコーディオンカーテンの向こうで深水《ふかみ》が靴を脱いでいるのが見えた。壁掛けの時計は午前一時を指している。

「うー、寒」

深水はダッフルコートを着たまま炬燵に入ってきた。

「先生」

「ん」

「お帰り」

「うん」

猫のようにするっと身体を寄せてきて、深水は肘《ひじ》をついて半身を起こしていた入江の頰に冷たい唇を触れさせた。

「先生…」

キスしてくれたんだ、と理解するのに少しかかった。

「なんだよ」

ずっとほしかったものがあまりに簡単に与えられて、入江はまだ夢でも見ているのか、とぼうっとしていた。

「寝てんのか」

深水が炬燵の中で足を蹴《け》ってくる。

「痛い」

「せっかく急いで帰ってきたのに」

「あ、えっと…」

やっと頭が働いて、入江は深水の腕をつかんで引き寄せた。

「先生」

ひやっとするコートごしに抱きしめると、深水も抱きしめ返してくれた。馬鹿みたいに安心して、入江は夢中で好きな人を抱き込んだ。唇に触れる髪が冷たい。

「よかった」

「よかったって、なに」

「先生の気が変わってたらどうしようってずっと心配してた」

「はあ?」

深水が笑いながら顔をあげた。

「やっぱり男と恋愛するの無理とかさ。ちょっと離れて冷静になって考え直したりとか」

入江の言っている意味がわかっていなかったらしい深水は、ややして呆れたように笑った。

「なんだよ、それ。今さら考え直すとかねーだろ。その程度の気持ちだったら…、あんなことできないでしょ」

口をとがらせている深水の頬がわずかに赤くなった。入江は感動しながら「うん」とうなずいた。

「ありがとう」

「お礼言われるのも、なんだかな」

「でも、先生、なかなか帰ってこないし。もしかしてお姉さんにばれてて、家族に男とつき合ってるのかって責められてるのかもしれないとか——考えちゃって」

不安の種ならいくらでもある。

「それでも俺はずっと好きでいるからいいんだけど」

深水はちょっと目を見開いた。

「入江」

「ん」

深水のまなざしが優しくなった。こんなふうに見つめられたのは初めてで、入江は今さらどぎまぎした。決して派手ではないが、深水はきれいな顔をしている。初めて見たときからずっと心惹かれていた。

でも、たぶん、他の人にはここまで美しくは見えないだろうということも知っていた。恋という特別なフィルターがかかってしまって、もう外れそうにもない。

「俺だって好きだって言っただろ」

深水が囁いた。脈が速くなって、耳が熱い。

「——うん」

深水の手が頬に触れた。顔が近づいてきて反射的に目を閉じると、柔らかな感触が唇に押しつけられる。

「——」

唇はすぐ離れ、すぐにまた帰ってきた。入江はしっかりと口づけた。触れ合った膝や肩、つかんだ腕から体温が伝わってくる。

「入江——ストップ」

夢中で舌を差し込むと、深水が慌てたように身体を引いた。

「ほら、『特に夜間の生活音は響きますので』」

「あ」

深水が苦笑いしながらコートのポケットから、ごそごそと封筒を取り出した。不動産屋のものかと思ったが、違った。入江にはあまり見慣れない地方銀行の封筒だ。

「なに？」

「俺のバイト代」

深水は封筒を天板に乗せた。厚みがあって、中身がぜんぶ万札ならかなりの金額だ。

「今日、着物の染み抜きに呼ばれて行って、ウォッシャー…って大型の機械なんだけど、業者からそれの中古が安く手に入ったから買わないかって話がきたんだけどどう思うって相談されたんだ」

「うん」

急に話が変わって戸惑ったが、ひとまず先を促《うなが》した。

「最近中古の大型機械のセールス多くて、つまりクリーニング屋の廃業が多いからなんだけど、うちって特殊な品物扱ってるからわりと安定してんだよ。廃業増えれば一時的にはうちに持ち込まれる品物増えるからいいんだけど、その先はどうなるかわかんないし、いっそのこと取り扱い絞って縮小するか、中古機械が安く入るのをチャンスとみなして作業場広げるかで迷ってるって。なんでそんな話俺にすんのかわかんなくて」

「もしかして、先生にお店継いでほしいって思ってるってこと？」

深水がふーと下唇を突き出して前髪に息を吹きかけた。このごろよくこれをやる。指摘したら「おまえのがうつった」と言われて、自分にそんな癖があったことを初めて知った。

「遠回しにそんなこと言われても、俺はヤだよ。で、俺は関係ないし、機械のこともわかんないしって帰ろうとしたら、就職するまでは手伝ってほしいって言われて、それはそのつもりだったからいいよって返事してたら、横で話聞いてた姉貴が突如《とつじょ》怒り狂ってさ」

「へ？　なんで？」

「なにいつまでも理一《りいち》都合よく使おうとしてんだ、クソかよって」

ババアと言い捨てた目つきの悪い深水の姉を思いだして、入江は思わず首をすくめた。

「うちは父さんがあんまり仕事熱心じゃなくて、夕方から飲みだしちゃうような人だから急な配達とか俺が行ったりしてたんだよね。姉ちゃんだって似たようなもんなのに、自分の亭主の尻叩くのが面倒だからって理一になんでもかんでも押しつけてんじゃねえっ て母さんまで責め出してさ。あわてて止めに入ったら、てめえがそうやっていい子ぶるのもムカつくんだよって俺までとばっちり」

「はあ」

すごいな、と呆れたが、深水は思いだし笑いをしている。

「うち、下の二人がまだ小学生で学校の用事も多いし、家のこともあるし、母さんが大変なのは見ててわかるから普通に手伝ってたんだけど、姉貴は便利に使われやがってって俺にもイラついてたみたい」

でもそんなふうに言ってくれたことが、深水には嬉しかったようだ。

「そんで姉ちゃんと親父がつかみ合い寸前になって、話もあっちに飛びこっちに飛びでわけわかんないことになって」

関係のない過去の話まで持ち出し合って収拾《しゅうしゅう》がつかなくなり、おかげで帰りそびれたらしい。

「それでどうなったの?」

「店の今後のことは特に結論出なかったけど、これからはちゃんとバイト代もらうことになった」

深水が封筒を見やった。

「姉貴と親父がヒートアップして、なんか知らないけど高校三年ぶんのバイト代も遡《さかのぼ》って払ってくれることになったの。すげー適当な計算なんだけど、せっかくだからもらってきた」

「っていうか、今までぜんぜんもらってなかったの?」

「たまに欲しいもん買ってもらったりしてたけど」

あれだけ手伝ってて無報酬だったのか、と入江は少々呆れた。

「さすが」

「さすが、ってなに」

「お人よし」

「んなことねーよ…」

「先生」

「うん?」

そしてその性格に自分もつけこんだ。

「好きだ」

「うん」

「ずっと俺のそばにいて」

「うん」

「ずっとだよ?」

なんだよ急に、と笑っている深水に、入江はそっと両腕を回した。絶対無理だと言っていた人を、好きの一念で押しまくり、こうして手に入れた。

「その代わり、先生が嫌なことは絶対しないし、先生の言うことなんでもきくから」

一生を棒に振っても後悔しないくらいに好きだ。

「俺、めちゃくちゃ重いし執念深いけど、先生のこと大事にするから。だから許して」

深水が声を出さずに笑った。

「俺はたぶんそのくらいのほうがちょうどいいんだよね」

深水の静かな目が入江を見つめた。

「俺は寒がりだから、おまえくらいの分厚いコートがちょうどいいの」

淡々とした言いかたが、かえって胸の奥に響いた。

入江は無言で深水を抱いた腕に力をこめた。

「なあ、これでさ、引っ越ししない？」

満ち足りきっている入江に、深水は腕を伸ばして封筒を指先でとんと叩いた。

「この近くで、ここよりもうちょっとマシなとこ探して、一緒に」

「え、――え？」

一瞬、なにを言われたのかわからなかった。

「古いの我慢したら、けっこう見つかると思うんだよな」

「い、いっしょ、一緒に？　住むの？」

驚きすぎて、声がうわずった。

「嫌か？」

「そんなわけ…っ」

つい声が大きくなって、深水が「しっ」と口の前に指を立てた。

「いいの？　本当に？」

隣同士で住んでいたころも、薄い壁一枚で隔《へだ》てられているだけでほぼ同居だった。気持ちを受け入れてもらってからはずっとこの部屋でくっついていて、離れたくないと思っている。でもまさか深水のほうからそんな提案をしてくれるとは想像したこともなかった。恋人になってくれたというのですら、「やっぱり無理」で撤回《てっかい》されないかとひやひやしっぱなしだったのに。

「実家のすぐ隣ってのから一回離れてみたいし、それにここだとさ、その…」

嬉しいより信じられなくて絶句していると、深水が言いにくそうに語尾を濁《にご》した。

「いろいろ、できないだろ」

深水の目のふちがうっすらと赤い。

「先生」

「ん?」

やっと頭が働いて、照れくさそうに瞬《まばた》きをしている深水に、「いろいろできないだろ」の「いろいろ」の意味がわかった。今度はかあっと頭の中が熱くなった。やっぱり信じられない。できないだろ——つまり、したいと思ってくれている。

「キス、キスだけ。キスだけでいいからさせて」

お願い、と顔を近づけると、ぐいっと押し返された。

「行こう」

ダメか、と落胆している入江に、深水が短く囁いた。

「え?」

怒らせたのかと焦《あせ》ったが、深水は「どっか行こう」と重ねて言った。ぶっきらぼうな言いかたが、照れているせいだと少しして気づいた。

「どっかって、どこに?」

「駅の裏通りに、あったよな?」

「裏通り? あったって、なにが?」

首をかしげながら最寄り駅の裏の、飲み屋がつらなるあたりを思い浮かべた。チェーンの居酒屋やレストランバーは大学の近くに固まっていて、駅の裏あたりはスナックや風俗店が多い。その間には地味なホテルがいくつかネオンを出していて…、とそこで入江ははっとした。

「嫌?」

深水が横目で入江を見た。

「いや、なわけない、けども…」

さっきから驚かされっぱなしだ。

「行こう」

動揺している入江に、深水が勢いよく立ち上がった。

「先生」

ハンガーにかけてあった入江のダウンジャケットに手を伸ばしている深水に、ああそうか、と入江はようやく理解した。

「先生」

無言でダウンジャケットを差し出してくるのを受け取って、入江は深水の手を握った。

「――ありがとう」

気が変わったんじゃないか、後悔しているんじゃないか、と不安がる入江に、深水は大丈夫だ、と伝えてくれている。

「嬉しい」

深水の口元が照れくさそうにわずかに緩《ゆる》んだ。

俺の恋人は、とても優しい。

恋人だから、俺に優しい。

音をたてないようにアパートを出て、なんとなく顔を見合わせて笑った。深水の口から吐き出される白い息が街灯に溶ける。それと一緒にぎこちなさも消えてなくなった。

「寒いけど、ぜんぜん寒くない」

深水がなにそれ、と笑った。深水の手をポケットに入れて、散歩でもするように夜空を見上げながら、「冬って星きれいだよな」「冬の星座いくつ知ってる?」と話をして歩いた。駅まで少し距離がある。このままずっと歩いているだけでもいい。

「どこにする?」

それでも駅の地下道を通って裏通りに出ると、ちょっとどきどきした。

「俺、ホテルなんか行ったことないからわかんないよ」

「俺だってそうだよ」

「先生も?」

彼女いたんでしょ、と目で訊くと「彼女いたからってこういうとこに行くとは決まってないだろ」と口を尖らせた。スナックやバーの入った雑居ビルのとなりに、こぢんまりとした四階建てのホテルが控えめな看板を出している。深水と目を見かわした。

「さっと入ろう、さっと」

深水が決心したように早足になり、入江もそれに続いた。観葉植物で目隠しされた自動ドアをくぐると、むっとするような暖気《だんき》に包まれる。

チェックインカウンターはシェードが下りていて、待合スペースは間仕切りがしてあった。

「よかった、空いてた」

深水が壁面のパネルを見てほっとした声でつぶやいた。室内写真が明るくなっているパネルは二つだけで、深水が「どっちでもいいよな?」と確認して一つを押した。

「行こう」

深水が取り出し口からカードキーを出して、エレベーターに向かった。

「入江」

エレベーターに乗り込んで、深水が横目でこっちを見た。

「その神妙な顔やめて」

「えっ」

「なんか、恥ずかしい」

「そっ、そんなこと言われても」

緊張する。いろいろ。二人で部屋に入ったとたん、深水が笑い出した。

「なんで笑うんだよ」

「いや、俺緊張しすぎるとこうなるんだよ、ごめん」

なんだ先生もか、とほっとして、ごめん、と笑っている深水につられて入江も笑った。それでやっと緊張がほどけた。

部屋はそっけないほどシンプルで、ベッドがやたらと広いのとアダルト用品の自動販売機が入っているのを除けばビジネスホテルとあまり変わらない。深水がコートを脱いでベッドに座った。手をさしのべられて、入江はそのまま覆いかぶさった。

「先生…」

欲望より、やっとこうできた、という安堵《あんど》のほうが大きくて、入江は小さく息をついた。

「先生、先生」

抱きしめると、深水の腕が背中に回ってきた。

「先生」

初めてこの人を抱きしめたとき、今すぐ世界が終わればいいと思った。そしたらこの人を離さなくて済む。

あのときの切羽詰《せっぱつ》まった気持ちはまだ生々しく胸に残っている。

「なあ、入江」

「うん？」

すぐ服を脱ぐのが前提の部屋だからか、暖房ががんがん効いていて暑い。でもまず部屋を暗くしないと、と照明のリモコンがないかと探した。明かりをつけたましたのは、最初のときだけで、あとはずっと電気は消した。本当は深水を見ていたかったが、深水のほうは見たくないはずだ。少しでも深水に嫌悪感を持たれたくなかった。

「先生？」

ベッドヘッドに埋め込まれたパネルに照明のマークを見つけ、どんどん消していっていると、深水がそっと手を握ってきた。

「ぜんぶ消さないでいいよ」

「え、でも…」

フットライトだけ残っていて、部屋はほのかに明るい。たぶん、このくらいの明るさがちょうどいい。

「先生、嫌だろ？　その…」

「……すげー恥ずかしいんだけど、こういうのはっきりさせないままってのも狡《ずる》いと思うから言うんだけどさ…」

深水がスニーカーを脱ぎながらぼそぼそ話した。

「俺、おまえが思ってるほど嫌ってわけじゃないよ…ってのも狡いな。その。嫌じゃない。っていうか、こういうとこ行こうって誘った時点でわかってほしいっていうか。つまり、俺も、したいんだよ。おまえと」

だんだん早口になって、深水は最後は妙にきっぱりと言い切った。

「暑い。おまえもさっさと脱げ」

深水が照れ隠しのようにセーターを脱いで投げつけてきた。

「先生…」

驚きすぎて、投げつけられたセーターを手にしたまま、ぼうっとしていた。深水が怒ったようににらんできて、慌ててダウンジャケットを脱ぎ、スウェットを頭から抜いた。でもまだ本気にしていいのか半信半疑で、横目で見ると、深水は自分でボトムスのベルトを外していた。

初めて深水の身体を見たのは、「寝てる間なら好きにしていいよ」という残酷な言葉を残して深水が眠ってしまったあとだ。

ひどい人だ、と恨みながらも結局欲に負けて、好きでたまらない人に何回もキスをした。それ以上のことをするつもりはなかったが、馬鹿みたいに離れがたくて、あと一回、あと一回、と反応のない唇にキスをしているうちに泣けてきて、復讐するように服を脱がせた。

眠っている相手を起こさないように脱がせるのは想像以上に難しくて、結局中途半端に脱がせることしかできなかったが、それでも頭の中がぐらぐらするほど興奮した。

鎖骨《さこつ》と脇腹に痕をつけ、それ以上なにかしたら歯止めがかからなくなる、と必死で服を直して深水から離れた。もっといろいろしたようなことを匂わせたが、嘘だ。

それでもずいぶん長い間、まくりあげたスウェットと、同じようにひざまで下ろしたボトムスの深水の身体が頭から離れず、入江を悩ませた。

「先生」

フットライトの明かりの中で、深水が全部を脱いでこっちを見た。目が合った瞬間、かっと頭の中が発火して、入江は押しつぶすように深水の上に乗りかかった。

「ん――」

深水の唇が開いて、キスに応えてくれた。汗ばんだ腕が首に回ってくる。あわただしくボトムスと下着を脱いで、身体を密着させた。こんなことをしても許される。嫌がらずに受け入れてくれる。それがめちゃくちゃに嬉しい。

「先生、ほんとに明かり消さなくてもいい…？」

耳の下あたりを唇でなぞると、深水がくすぐったそうに身をよじった。

「いいって」

「萎《な》えない？」

「なんでよ」

「だって先生はストレートだし……」

話しながら手をやってみると、ちゃんと反応していた。

「な？」

深水がなぜか自慢げな顔になる。

「っていうか、おまえすごいね？」

深水の手も入江を握り込んだ。

「あたりまえだろ」

初めて触られたときは驚いて、ほとんどそれだけでいきそうになった。さすがに今はもう驚かないが、やはり感動する。

「先生」

蜂蜜《はちみつ》色の明かりが深水の瞳を輝かせている。唇が薄く開いていて、夢中でキスした。互いの口の中を探り合って、ときどきどっちかがどっちかの唇を甘噛みする。

「ん」

入江は無言で体重をかけて深水をあおむけに寝かせた。深水の小さな胸の粒を舌で押しつぶす感触が好きで、そして深水は乳首が弱い。最初に「先生はこれが好きなんだよ」と決めつけたのが暗示のように効いたのかもしれない。本当に敏感で、今も息がかかっただけで身体を固くした。

「あ、…」

舌先でくすぐるようにすると、深水の呼吸がはっきりと乱れた。指がシーツにかかり、ぎゅっと曲がる。入江の手の中のものがぐっと力を増した。

「入江……、っ、ん……」

しつこく舐《な》めたり吸ったりしているうちに夢中になって、深水が「待って」とストップをかけた。入江は素直に身体を引いて、上から恋人の身体を見つめた。

深水はスリムだが意外に筋肉がついている。実家の手伝いでけっこう鍛《きた》えられたと言っていたが、腕や肩はがっちりしているし、腹筋もきれいだ。もう何回もこんなことをしているのに、いつも電気を消しているのであまりちゃんと見たことがなかった。視覚で得る刺激は強烈で、入江は目を閉じてはあはあ息をしている恋人の頬に触れた。

深水が薄く目を開き、入江の視線から逃《のが》れるように横を向いた。鎖骨のくぼみに濃い影が落ちている。なめらかな首筋から小さな乳首までを舌先で撫でる。もう一度二つの粒を舐めて、それから。

「先生、もっと足開いて」

縦長《たてなが》に切れ込んだへそからさらに下に向かうと、深水がおずおずと膝を開いた。起き上がっているものの先端が濡れている。思わずごくりと喉を鳴らしてしまった。

「う、……っ」

唇でとろりとした感触を味わい、そのままなぞると、その緩《ゆる》い刺激がかえって不意打ちだったらしく深水がびくっと震えた。

感じてくれているのが嬉しくて、何度も唇だけで撫でると、深水の呼吸がどんどん湿り気を帯び、内腿《うちもも》もしっとりと汗ばんだ。

「入江…もう、それ…やめて」

裏側の敏感な粘膜《ねんまく》を舌先でなぞると、深水が小さく声を洩らした。好きな人の性感帯や反応を知るのは愉《たの》しい。これからもっと知りたい。なにもかも知りたい。

「――は……っ、あ、あ……」

どこをどうしたら感じるのか、確かめるつもりで、でもすぐ自分が夢中になってしまった。深く咥《くわ》えて舌を遣うと、深水の息が速くなった。指が髪に入ってきて、だんだん力がこもる。

「入江、…も……う、……っ」

いきそう、と離れようとするのを制して強く吸うと、あ、という声とともに口の中に生ぬるいものが溢れた。

「は、……っ」

深水がぐったりと弛緩《しかん》して手足を投げ出した。入江は口の中のものを呑み込み、手のひらで口を拭《ぬぐ》った。

「――入江……」

深水がこっちに手を伸ばしてきた。

「先生」

深水の額に汗が滲《にじ》んで、前髪がしっとりと張りついている。

「先生?」

深水が起き上がり、無言で身体を寄せてきた。いつになく目が熱っぽい。

「先生」

深水の手が入江の勃起に触れた。握り込まれると、じん、と快感が広がる。深水に促されて、入江は後ろに手をついた。両手で柔らかく刺激され、その快感に思わずため息をついた。ゆっくりとしたリズムに目を閉じると、深水の愛撫が細やかになった。

「先生?」

気配にはっと目を開けると、深水がかがみこもうとしていた。

「い、いいよ、そんなこと」

びっくりして制した。

「なんで?」

「なんでって、だって」

焦って身体を引くと、そのぶん深水が距離を詰める。

「う、ちょ、ちょっと待――」

まさか深水にそんなことはさせられない、と入江は焦った。

「なんで？　おまえはいっつもするじゃん」

「そりゃ俺はしたいから」

「俺もしたいよ」

「嘘だ」

「それとも――する？」

深水の声が小さくなった。

「え」

する、というのは――その意味するところの行為は――と入江は混乱した。深水はじっと入江を見つめている。

「しようか」

今度ははっきりわかった。

「え、……で、でも」

深水は妙に落ち着いていて、入江のほうがおたついた。

「そんな、先生無理しなくていいよ」

「俺がしようって言ってるんだろ」

深水の声がわずかに苛立《いらだ》った。自分で迷いを断ち切ろうとしているように見えた。

「でも、先生に負担かけたくない。無理強いするのは嫌なんだ」

深水は小さく首を振った。

「無理じゃない——俺が、したいんだ」

「嘘だ」

「なんで嘘なんだよ」

「先生、俺に我慢させて悪いとか思ってるんだろ？　ぜんぜんそんなことないよ。俺、本当に」

「入江」

深水がたまりかねたように遮った。

「おまえさ、おねだりプレイでもしたいの？　エッチなおねだりさせて愉しもうとか、百年早いよ」

「は？　先生こそなに言ってんだよ」

「おまえがごちゃごちゃうるさいからだ」

照れ隠しのように乱暴に言いながらも、深水は入江から視線を外さない。

混乱したが、深水が本気なのだとわかって、入江はじわっと汗をかいた。信じられない。それに、なんだか緊張する。

「入江」

「う、だってさ…」

臨界状態だったものが急に力を失った。深水が目を丸くした。

「そんな、いきなりそんなこと言われたら…」

どうしていいのかわからなくなっている入江に、深水はいきなりかがみこんだ。今度こそ制する暇もなく口に含まれ、入江は息を止めた。

「——あ、……」

視覚と直接的な刺激に、脳髄《のうずい》が痺《しび》れるような快感が押し寄せた。我慢するとかしないとかの前に、もう射精していた。

「ごめ……っ」

驚いた深水が口を離して、精液が頬から顎《あご》に滴《したた》った。

「ごめん、先生」

きれいな顔に自分の精液が垂れている。深水がびっくりしたまま入江のほうを見た。

申し訳ないのと精液が目に入ったらまずい、と焦る一方で、入江は激しく興奮した。深水が瞬きをして、ふっと目を細めた。

「先生…っ」

深水は手で精液を拭《ぬぐ》うと、いきなりその指先をぺろっと舐めた。それを見た瞬間、頭がかっと熱くなり、もう何も考えられなくなった。

射精したばかりなのに、萎えるどころか痛いほど勃起している。中に入れたい。この人の中に入りたい。

ベッドヘッドに並んでいたローションのパウチを切って、手のひらに出した。遠慮するような余裕もない。深水も呼吸を乱していて、入江のすることに協力した。

痛い思いをさせたくない、という理性がなんとか働いたが、それでも最低限の準備しかできなかった。

「先生、ごめんな」

身体の下で深水がぎゅっと目をつぶっている。ローションの助けを借りて、狭いところをこじあける。肩につかまっている深水の手に力がこもった。

「──う、……っ」

「ごめん、もうちょっとだけ、我慢して…」

先端が入ると、体温で溶けたローションが侵入をたやすくしてくれた。

「は、……入った……?」

慎重に身体を進めると、深水が薄く目を開けた。

「もうちょっと」

深水が苦痛をこらえているのはわかっていたが、もう止められなかった。

「うん」

「あ──」

ぐっと奥まで押し込むと、深水がぎゅっとしがみついてきた。

「入ったよ」

息を弾ませて囁くと、「うん」と小さく返事をした。

熱く締めつけてくる感覚に、この人が俺を受け入れてくれてる、と入江は感動した。嘘みたいだ。

「大丈夫？」

深水が小さくうなずいた。

「入江……」

どちらからともなく口づけをして、それから微笑みあった。深水は少し無理をしている。きっと痛いし、違和感がすごいはずだ。でもこちらを見上げてくる目はオレンジの明かりが揺れていて綺麗だ。

「先生、好き」

「うん」

「めちゃめちゃ好き」

「うん」

深水が手を伸ばして入江の頬に触れた。

「俺のこと好きになってくれてありがとう、入江」

深水の手が入江の手を探して、指を絡ませてきた。

「先生…」

「俺も好きだ」

早く言わないと照れくさくて言えなくなる、というように、深水が短く言い切った。

本当に恋人になってくれた。

この人が俺の恋人になってくれた。

フットライトの明かりの中、深水ともう一度口づけを交わした。

ゆっくりと動き出すと、萎えていた深水の性器が摩擦の刺激で徐々に固くなってきた。指で裏筋のところを撫でてやると、深水の呼吸が甘く湿った。

「う、…っ、は、……っ……」

欲求のまま突き上げたいのを必死でこらえていたが、深水の喘《あえ》ぎが艶っぽくて、とうとう限界がきた。

「ごめんな」

一度走り出すと、もう止められなかった。深水の指が肩に食い込み、その痛みさえ刺激になった。お互いの激しい呼吸が交じりあい、どんどん高まっていく。

「い、――入江……もう……もう無理……っ」

耳元で深水の哀願するような声がした。中がぎゅっと収縮して、腹のあたりに濡れた感触がした。

「もう、い……」

射精したあとの反射なのか、びくびくっと蠕動《ぜんどう》して、その強烈な感覚に入江も最高点に達した。

空中に放り出されるように頭の中ががらっぽになって、次にものすごい充足感に包まれた。気づくと深水の上に重なってはあはあ息を切らしていた。

「——先生……」

重いだろう、と横に転がろうとしたが、身体が動かない。深水も激しい呼吸をしていたが、入江の肩に腕を回してきた。

髪をなでてくれる手から愛情が伝わってくる。入江は深水の首にキスを返した。

「大丈夫……?」

やっと少し動けるようになって、入江はなんとか首をあげて深水の顔を覗き込んだ。深水が目だけで微笑んだ。

「入江」

「ん」

キスを交わすと、もうそれ以上言葉は必要なかった。

5

ホテルから出ると、東の空はうっすらと白み始めていた。

セックスしたあと入江《いりえ》はいつの間にか眠ってしまっていて、深水《ふかみ》がシャワーを使っている音で目が覚めた。浴室から出てきた深水が「俺もちょっと寝ちゃってた」と気恥ずかしそうに言って、明るくなる前に、とそのままホテルを出た。

ぶらぶらアパートに向かいながら、誰もいないのをいいことに、ポケットの中で手をつなぐ。ひと気のない駅前通りはしんと静まり返っていた。

途中で不動産屋の前を通りかかり、店頭に貼り出されている物件情報を二人で眺めた。

「駅近はこだわらないとして、あんまり安いとこだとまた遮音性《しゃおんせい》がな」

「あのさ、先生」

真剣に物件情報を見比べている深水に、入江はポケットの中の手を握り直した。

「一緒に住んだりしたら、俺もう本当に一生離れないよ？　先生が就職して遠距離になっちゃっても、俺、絶対に別れたりしないからね？　先生って去る者追わずだろうけど、俺去らないから」

「うん」

覚悟してくれ、と強めに言うと、深水はきょとんと入江を見上げた。

「そうして」

あまりに軽い返事に拍子《ひょうし》抜《ぬ》けしたが、深水は真面目な顔をしている。

「そんで俺、もしかしたら就職しないかも。ふくちゃんじゃないけど、会社員向いてないにもほどがあるって感じだし」

またぶらぶらと歩きだしながら、深水がふーと前髪に息を吹きかけた。

「よく考えたら、自分食わせていくだけだったら今でもなんとかなってるもんなあ。今やってる映画サイトの関係でときどきライター仕事もらってるじゃん？　あれもうちょっと本腰入れて、あとはバイトとかでもぜんぜん…」

「まだ先だけど、俺が働くよ」

思わず前のめり気味で言うと、深水が「ええ？」とびっくりしたように笑った。

「なんで笑うんだよ。今からちゃんと考えて、いいとこに就職して、そんで俺が生活は保障するから。まあ、だいぶ先になっちゃうけど」

「どうせ節約生活は慣れてるもんな」

深水の目が楽しそうになごんだ。

「そうそう」

「そんじゃおまえが稼《かせ》ぐようになるまで、二人で貧乏生活満喫するか」

「そうしようそうしよう」

弾《はず》んで話しているうちにアパートが見えてきた。空にはまだいくつか星が瞬《またた》いている。今日は天気がよくなりそうだ。

「先生、寒くない？」

入江が訊くと、深水は少し眠そうな声で「だいじょうぶ」と答え、入江のポケットの中で手を握り返してくれた。

あとがき
AFTERWORD
―安西リカ―

こんにちは、安西《あんざい》リカです。

このたびディアプラス文庫さんから十六冊目の本を出していただけることになりました。毎回同じことを言っておりますが、これも既刊をお求めくださった読者さまのおかげです。本当にありがとうございました…！

同級生か年下攻かの二択のわたしですが、今回は年下攻です。

そして今作は「先生」呼びの萌えもありまして、書いていてめちゃくちゃ楽しかったです。ただ、特別なにも起こらないのはいつものこととして、今回はごく普通の大学生同士のお話なので本当に地味で、楽しいのは書いてる本人だけじゃないのかという疑惑がぬぐえず、それがとても苦しかったです。自分の「好き」が読者さまに通じると信じて、なんとか踏ん張りました。どうか受け取っていただけますように…！

草間《くさま》さかえ先生、イラストお引き受けくださってありがとうございました。雑誌掲載のとき、コメントページに深水《ふかみ》のお姉ちゃんを描いてくださったのがすごいインパクトで、もし可能なら文庫にも入れてほしいと担当さまにお願いしたところ、実現しました！　なんともいえない空気感、大好きです。本当にありがとうございました。

担当さまはじめ、本作に関わってくださったみなさまにもお礼申し上げます。これからもよろしくお願いいたします。

そしてなによりここまで読んでくださった読者さま。わたしの細かすぎて伝わりづらい萌えにおつき合いくださり、ありがとうございました。これからも頑張りますので、気が向かれましたらまた読んでやってください。
地味に地味を重ねてしまいますが、このあとさらに掌篇がございます。よければこちらもおつき合いくださいませ。

安西リカ

新しいベッド

自分が同性と恋愛する日がくるとは、少し前まで深水《ふかみ》は夢にも思っていなかった。

そもそも恋愛自体にあまり関心がないし興味も薄い。昔から誰とでも気軽に話せる反面、自分の中にずかずか入ってこられるのが苦手で、親密な関係になるのにはめちゃくちゃ相手を選ぶほうだった。

さらにセックスを面倒くさく思ってしまう。雰囲気をつくって、手順を踏んで、というところからして面倒くさい。一人でさっさと済ますほうがよほど気楽だ。

女の子に対してもそんな感じだったのだから、男と恋愛するなど想定外も想定外、考えたこともなかった。

「はー、マジか…」

それなのに深水が目を覚ますと、狭いベッドの中、でかい男が自分を抱いて幸せそうに眠っていた。もう慣れてもいいはずなのに、性懲《しょうこ》りもなく驚いた。

昨夜初めて二人でホテルに行った。

明け方に一緒に帰ってきて、寒い、とベッドにもぐりこんで、入江《いりえ》は嬉しそうにずっと笑っていた。飽きずにキスして、どうでもいいことをひそひそ話して、そのうち眠ってしまったらしい。

カーテンの隙間から白い朝の光が差し込んでいる。壁掛けの時計を見ると七時過ぎだった。断熱など期待できないアパートは冷え込んでいて、そのぶん二人分の体温を含んだ布団は魅惑的に温かい。入江が身じろぎして、手がなにかを探すように動いた。深水がそっと手を握ると、安心したようにまた寝入った。

無防備な寝顔に、心の奥のほうがきゅっと痛くなる。切ないようなこの感じに名前をつけるとしたら…、と考えかけ、猛烈に恥ずかしくなってやめた。

先生、と囁く入江の声を思い出して、さらに一人で赤面する。身体の中がまだちょっとへんだ。

あんなとこに、こいつのあれが…とリアルに思いだしてますます耳が熱くなる。

昨夜二人でしたことが次々に浮かんできて、またどきどきして妙な気分になった。正直に言うと、興奮してきた。まだ入江とこういう仲になって間がないのに、ちょうど年末年始の時期だったから離れがたい気持ちのままそういうことばかりしていて、それで、だから、…すぐ変な気分になってしまうのかもしれない。

こんなふうになるまで、自分はセックスにはものすごく淡泊だと思っていた。実際、昔から性的なことにはあまり興味がなかった。映画でもベッドシーンが長いと飽きるので、濡れ場が評判の作品はつい敬遠《けいえん》してしまう。福田《ふくだ》にそう言ったら「若い男としてどうなの、それは」と呆れられた。そんなだから入江が不安がるのもわからなくはない。

嫌じゃない？　と何回も何回も心配そうに訊いていた入江に、自分からしようと誘ったことを思いだし、深水は「うわぁ…」と手の平で顔を覆《おお》った。

「臆病ものめ」

すぐそばで眠っている入江にちょっとだけ恨みがましくつぶやいた。

無理してるんじゃない？　俺に悪いと思ってるでしょ？　としつこくあとずさるから、とうとう自分から「俺がしたいの」と白状させられた。

それにしても、あんなことを自分からしたくなるとは。

思いだしてまたちょっと耳のあたりが熱くなった。

最初の一回は、完全に勢いだった。

売り言葉に買い言葉で、気持ちの持っていき場がなくて、つい煽《あお》った。でも後悔はしていない。

やってしまってから、セックスってすごいな、と妙に感動した。

身体の中に入ってくる充実感、圧倒的な力にぞくぞくした。求められ、与えられ、本当につながり合ったという実感があった。快感というより、それがほしくて「しよう」と誘った。

でも昨夜はもうちょっと……変な感じになった。

圧迫感がすごくて、痛みもあったが、それだけじゃなかった。そのうち快感になるんじゃないかという感覚があった。

普通に気持ちよくなれたら、そしたら入江も今みたいに遠慮しなくなるはずだ。そのためにも感じるようになれたらいいとか…自分もたいがいどうかしてる。

深水はすうすう寝入っている年下の恋人をつくづく眺めた。

かすかに眉を寄せて眠っている入江がやたら男前に見えて、少し開いた唇が気になって、そして朝の生理現象に、別のなにかがまじっている。

入江に触れているところが急に熱っぽくなってきて、深水はふーと前髪に息を吹きかけた。

本当に、好きになってんだな、俺。

自分のことなのに、びっくりする。

触りたいし、触られたい。

これがかの有名な「好きな人に欲情する」ってやつですか…、と自分の情動に驚いている。

知り合った当初から入江のことは本当に好きで、一緒にいてこんなに波長があって楽しいのは福田以来だな、と思っていた。だから入江が自分に向ける恋愛感情がじゃまでじゃまでしかたなかった。そんなのなくても仲良くできるだろ、そうしようよ、というのが深水の偽《いつわ》らざる本音で、実際そう言って一度は振った。

それがどうしてか、こうなった。

好きだ、と何度も何度も囁かれているうちに、入江の熱がいろんなところに蓄積《ちくせき》していったのかもしれない。

　俺なんかのどこがそんなに好きなんだろう。それだけが本当に不思議だ。

「…先生…？」

　入江がふと目を覚ました。

「先生」

　まだ半分眠っているような顔をしていたが、深水が自分の手を握っているのに気づいて、入江は何度か瞬《まばた》きをして、それからふわっと笑った。眉が下がり、やや切れ長の目がやさしく和《なご》み、心底幸せそうだ。

　つられて深水も笑った。

「起きた？」

「うん」

　つないでいた手を引っ張られて、入江に抱き込まれる。

「先生、好き」

　いったいい何回言えば気が済むんだろうと思いながら、深水も「うん」と返事をする。おかしなことにぜんぜん飽きない。これも不思議だ。

「先生、先生」

　入江がぎゅっと抱きしめてきた。セーターごしに入江の心臓の音が伝わる。背中に手を回して深水も恋人の首元に鼻先をつっこんだ。

がっしりとした腕や肩、大きな男だ。同性に抱きしめられることにどうしようもなく違和感があったはずなのに、もうすっかり慣れて、むしろ自分よりも大きな身体にすっぽりくるまれることにほっとしている。

「あ、そこ触んな」

入江の手が自然に前に触れて来て、腰をよじって避けた。

「なんで」

朝の生理的なやつです、というにはしっかり反応しすぎている。お互いに。腿《もも》に当たっているものがぐんと固くなった。

深水が唇を開いて舌先を出すと、すかさず入江が舐めた。そのままセクシュアルなキスになる。

「…入江、待って」

口の中をぬるぬると探られ、ぞくっとして、慌てて逃げた。

「やばいだろ」

「ん?」

「止まらなくなる…」

興奮する、と目で伝えると、それに反応して腿に当たっているものがさらに力を増した。

「先生」

ストップをかけたつもりがかえって煽ってしまった。でも深水も強く制止できない。安物のベッドはただでも男二人分の重みにぎしぎし文句をいって、階下に響かないか不安なのに。

「入江」

「ん？」

キスして、相手の髪や背中を触り、抱きしめ合って、深水は自然に名前を呼んだ。

こんなふうに意味もなく入江の名前を呼んだのは初めてかもしれない。入江も気づいて、照れくさそうに口元を緩《ゆる》めた。

「入江」

もう一度名前を呼んだ。返事の代わりにぎゅっと抱きしめてくる。

もうすっかりこの腕に馴染んだ。固い髪の手触りも、キスしてくる唇にも、自分の身体が納得している。

ずっと薄着でいたから、自分が寒がりだということを知らなかった。ひとりのベッドでも平気だった。

入江とふたりで温めたベッドで抱き合って、暖かく包まれることを覚えてしまった。

もうこの体温なしではいられない。

「――先生……」

入江の声に熱がこもった。

「早いとこ引っ越ししような」

探ってくる手に柔らかくストップをかけながら、入江の耳元で囁いた。

新しい部屋の、新しいベッド。そしたら思う存分セックスできる。

まったく自分がこんな風になるなんて、ちょっと前まで夢にも思わなかった。

「それまで我慢」

入江は目を見開いて、それから「うん」と蕩《とろ》けるように笑った。

入江の笑った顔が好きだ。見ているだけで心が満たされる。

「先生、すげー好き」

「それ、よく飽きないな」

「飽きないよ。たぶん一生飽きないと思う」

俺しつこいからね、と入江がまた抱きしめてきた。体温の高い大きな身体。もう手放せない。

キスだけ、と言い合って、でもそのあと長いことベッドの中でくっついていた。

「誰っじだあてー
正月からパンツ一丁で
彼氏ヅラかよ、あて!!
秒で勘付いたバージョンの姉

この本を読んでのご意見、ご感想などをお寄せください。
安西リカ先生・草間さかえ先生へのはげましのおたよりもお待ちしております。

〒113-0024　東京都文京区西片2-19-18　新書館
[編集部へのご意見・ご感想] ディアプラス編集部「ふたりのベッド」係
[先生方へのおたより] ディアプラス編集部気付　○○先生

- 初出 -
ふたりのベッド：小説ディアプラス2019年ハル号（Vol.73）
あなたのベッド：書き下ろし
新しいベッド：書き下ろし

[ふたりのベッド]
ふたりのベッド
著者：安西リカ あんざい・りか
初版発行：2020年4月25日
発行所：株式会社 新書館
[編集] 〒113-0024
東京都文京区西片2-19-18　電話（03）3811-2631
[営業] 〒174-0043
東京都板橋区坂下1-22-14　電話（03）5970-3840
[URL] https://www.shinshokan.co.jp/
印刷・製本：株式会社 光邦
ISBN978-4-403-52505-6

✤菅野 彰 すがの・あきら
眠れない夜の子供 イラスト石原 理
愛がなければやってられない イラストやまかみ梨由
17才 イラスト坂井久仁江
恐怖のダーリン♡ イラスト山田睦月
青春残酷物語 イラスト山田睦月
なんでも屋ナンデモアリ アンダードッグ ①② イラスト麻生 海
小さな君の、腕に抱かれて イラスト木下けい子
レベッカ・ストリート イラスト珂弐之二カ
泣かない美人 イラスト金ひかる
おまえが望む世界の終わりは イラスト草間さかえ
華客の鳥 イラスト珂弐之二カ
色悪作家と校正者の不貞 イラスト麻々原絵里依
色悪作家と校正者の貞節 イラスト麻々原絵里依
色悪作家と校正者の純潔 イラスト麻々原絵里依
色悪作家と校正者の多情 イラスト麻々原絵里依

✤砂原糖子 すなはら・とうこ
セブンティーン・ドロップス イラスト佐倉ハイジ
純情アイランド イラスト夏目イサク（※定価651円）
204号室の恋 イラスト藤井咲耶
言ノ葉ノ花 イラスト三池ろむこ
言ノ葉ノ世界 イラスト三池ろむこ
言ノ葉ノ使い イラスト三池ろむこ
恋のはなし イラスト高久尚子
恋のつづき 恋のはなし② イラスト高久尚子
虹色スコール イラスト佐倉ハイジ
15センチメートル未満の恋 イラスト南野ましろ
スリープ イラスト高井戸あけみ
スイーツキングダムの王様 イラスト二宮悦巳
セーフティ・ゲーム イラスト金ひかる
恋惑星へようこそ イラスト南野ましろ
恋愛できない仕事なんです イラスト北上れん
愛になれない仕事なんです イラスト北上れん
恋はドーナツの穴のように イラスト宝井理人
恋じゃないみたい イラスト小鳩めばる
全寮制男子校のお約束事 イラスト夏目イサク
恋煩い イラスト志水ゆき
リバーサイドベイビーズ イラスト雨隠ギド
世界のすべてを君にあげるよ イラスト三池ろむこ
毎日カノン、日日カノン イラスト小椋ムク
心を半分残したままでいる 全3巻 イラスト葛西リカコ

青ノ言ノ葉 イラスト三池ろむこ

✤月村 奎 つきむら・けい
believe in you イラスト佐久間智代
Spring has come! イラスト南野ましろ
step by step イラスト依田沙江美
もうひとつのドア イラスト黒江ノリコ
秋霖高校第二寮 全3巻 イラスト二宮悦巳
エンドレス・ゲーム イラスト金ひかる（※定価683円）
エッグスタンド イラスト二宮悦巳
きみの処方箋 イラスト鈴木有布子
家賃 イラスト松本 花
WISH イラスト橋本あおい
ビター・スイート・レシピ イラスト佐倉ハイジ
秋霖高校第二寮リターンズ 全3巻 イラスト二宮悦巳
レジーデージー イラスト依田沙江美
CHERRY イラスト木下けい子
恋を知る イラスト金ひかる
おとなり イラスト陵クミコ
ブレッド・ウィナー イラスト木下けい子
すき イラスト麻々原絵里依
恋愛☆コンプレックス イラスト陵クミコ
不器用なテレパシー イラスト高星麻子
嫌よ嫌よも好きのうち？ イラスト小椋ムク
teenage blue イラスト宝井理人
50番目のファーストラブ イラスト高久尚子
恋する臆病者 イラスト小椋ムク
すみれびより イラスト草間さかえ
Release イラスト松尾マアタ
遠回りする恋心 イラスト真生るいす
恋は甘くない？ イラスト松尾マアタ
ずっとここできみと イラスト竹美家らら
それは運命の恋だから イラスト橋本あおい
ボナペティ！ イラスト木下けい子
耳から恋に落ちていく イラスト志水ゆき

✤椿姫せいら つばき・せいら
この恋、受難につき イラスト猫野まりこ
AVみたいな恋ですが イラスト北沢きょう

✤鳥谷しず とりたに・しず
スリーピング・クール・ビューティ イラスト金ひかる
流れ星ふる恋がふる イラスト大槻ミゥ

恋の花ひらくとき イラスト香坂あきほ
恋色ミュージアム イラストみずかねりょう
新世界恋愛革命 イラスト周防佑未
神の庭で恋萌ゆる イラスト宝井さき
その兄弟、恋愛不全 イラストCiel
契約に咲く花は イラスト斑目ヒロ
恋よ、ハレルヤ イラスト佐々木久美子
探偵の処女処方箋 イラスト金ひかる
溺愛スウィートホーム イラスト橋本あおい
お試し花嫁、片恋中 イラスト左京亜也
兄弟ごっこ イラスト麻々原絵里依
紅狐の初恋草子 イラスト笠井あゆみ
捜査官は愛を乞う イラスト小山田あみ
捜査官は愛を知る イラスト小山田あみ

✤名倉和希 なくら・わき
はじまりは窓でした。 イラスト阿部あかね
耳たぶに愛 イラスト佐々木久美子
戸籍係の王子様 イラスト高城たくみ
夜をひとりじめ イラスト富士山ひょうた
ハッピーボウルで会いましょう イラスト夏目イサク
神さま、お願い～恋する狐の十年愛～ イラスト陵クミコ
愛の一筆書き イラスト金ひかる
手をつないでキスをして イラストCiel
恋の魔法をかけましょう イラストみずかねりょう
恋のプールが満ちるとき イラスト街子マドカ
純情秘書の恋する気持ち イラスト佳門サエコ
恋する猫耳 イラスト鷹丘モトナリ
竜は将軍に愛でられる イラスト黒田 屑
王子は黒竜に愛を捧げる イラスト黒田 屑

✤凪良ゆう なぎら・ゆう
ニアリーイコール イラスト二宮悦巳

✤間之あまの まの・あまの
ランチの王子様 イラスト小椋ムク
溺愛モラトリアム イラスト小椋ムク

✤宮緒 葵 みやお・あおい
奈落の底で待っていて イラスト笠井あゆみ
鳥籠の扉は閉じた イラスト立石 涼

✤渡海奈穂 わたるみ・なほ
甘えたがりで意地っ張り イラスト三池ろむこ

ロマンチストなろくでなし イラスト夏乃あゆみ
神さまと一緒 イラスト窪スミコ
マイ・フェア・ダンディ イラスト前田とも
夢は廃墟をかけめぐる☆ イラスト依田沙江美
恋になるなら イラスト富士山ひょうた
さらってよ イラスト麻々原絵里依
正しい恋の悩み方 イラスト佐々木久美子
手を伸ばして目を閉じないで イラスト松本ミーコハウス
ゆっくりまっすぐ近くにおいで イラスト金ひかる
兄弟の事情 イラスト阿部あかね
恋人の事情 兄弟の事情2 イラスト阿部あかね
未熟な誘惑 イラスト二宮悦巳
たまには恋でも イラスト佐倉ハイジ
カクゴはいいか イラスト三池ろむこ
夢じゃないみたい イラストカキネ
その親友と、恋人と。 イラスト北上れん
恋でクラクラ イラスト小鳩めばる
いばらの王子さま イラストせのおあき
厄介と可愛げ イラスト橋本あおい
絡まる恋の空回り イラスト斑目ヒロ
運命かもしれない恋 イラスト草間さかえ
ご主人様とは呼びたくない イラスト栖山トリ子
俺のこと好きなくせに イラスト金ひかる
さよなら恋にならない日 イラストみずかねりょう
かわいくしててね イラスト三池ろむこ
恋はまさかでやってくる イラスト佳門サエコ